Les amants de Marrakech

Halima Alaoui

Les amants de Marrakech

Roman

LE LYS BLEU
ÉDITIONS

ISBN : 979-10-377-8220-5

Pour Papa et Maman,
à Fatimezohra, Meriam, Kenza
et Moulay Hicham.

J'ai toujours préféré la folie des passions à la sagesse de l'indifférence.

Anatole France

La rencontre

5 mai 2015, je me présente au bureau d'embarquement de *Transavia.* Ma vie va changer à jamais, je ne le sais pas encore. Je ressens toujours avant un départ en avion, surtout pour le Maroc, une sorte d'excitation, une sorte d'émotion. Au guichet, j'apprends que les vols à venir sont retardés, je dois attendre un moment, un incident technique bloque tous les ordinateurs de l'aéroport d'Orly. Les autres voyageurs s'échauffent… On râle… on vitupère… on téléphone ! Ambiance lourde. Quant à moi, je suis là, sage, tranquille pendant la réparation. Une heure et demie d'attente. Que faire d'autre ? J'ai comme toujours un livre avec moi, je m'assieds un peu à l'écart. Je me ferme à toute sollicitation. Voluptueuses délices de la lecture ! J'entre dans mon livre.

Les réparations avancent. Quelques annonces semblent prometteuses. Les voyageurs se rassemblent. Le vol s'approche, l'hôtesse, une femme métisse tout en sourire, me confirme ma place au troisième rang, je compte les sièges… Ma travée, un siège où je vois un homme, un bel homme assis, là… Il est de dos. Au fond de moi, je me sens attirée par sa présence, j'ai besoin de voir son visage, je le sens… Je m'approche de lui, je le vois, il est beau. Je le regarde à la dérobée… Je lui demande pardon, l'informe de mon passage vers le hublot. Courtois, il se lève, il me facilite le passage, je sens que nos jambes se frôlent. Émotion… Nos regards se cherchent… Je m'assieds près de la fenêtre. Je crois ne pas l'avoir laissé indifférent. Je sens poindre un trouble en moi.

D'habitude, c'est mon mari qui s'assied à côté du hublot. En avion, alors qu'une certaine tension pousse de nombreux voyageurs à bouger, se déplacer, voir et se faire voir, moi je suis calme, tranquille… J'aime regarder le ciel et, au-delà, les nuages…

Je prie pour que le siège central entre nous deux reste vide, libre, vacant… Il va rester libre, il doit rester libre ! Alors, le désir va se poser là. Un désir qui me tord le ventre… un désir qui s'installe au creux de moi… Je sens que je perds pied… Non seulement je vacille, mais je prie, j'implore Dieu et les dieux que cet homme, toujours inconnu, ait les mêmes désirs que moi !

Cet homme, irrémédiablement, attire mon regard. J'entends à peine sa voix, je me demande si je ne vis pas dans un sortilège. Je perds le fil du réel.

Nos regards se croisent, je suis certaine que nous avons le même trouble, les mêmes désirs. Le réel s'efface. Mon vœu ardent a été entendu. Nous sommes seuls… pas « d'autre » entre nous ! Je ressens la vague du contentement, peut-être du bonheur.

Je me retiens de le regarder encore. J'en ai fortement envie. Je bouge la tête, fais tout pour ne pas le regarder, mais un peu tout de même… Je le vois qui se cale dans son siège, il cherche l'endormissement, ses yeux se ferment. Il a un beau visage, une peau magnifique, sa mise est soignée, ses cheveux bien coupés, comme les enfants et les adolescents de la classe supérieure. Élégant, sans être affecté. Je l'imagine plus jeune, lycéen ou étudiant, maniant « l'ablatif absolu », ou une réflexion sur « la violence des totalitarismes », avec aisance et efficacité. Une autre image, il est en short et en maillot de sport… il passe… on le regarde… Un corps de rêve. Il rayonne, si à l'aise !

Maintenant, il dort et il est beau, encore.

Mon esprit se met à errer… Mes sens s'éveillent… Je perds un peu les bornes du réel, je divague. Je me lève, il est dans un vrai fauteuil de salon. Je le regarde… Je m'agenouille. Mes mains s'approchent de son pantalon… Je touche le tissu… Mes doigts défont sa ceinture… J'aperçois l'étoffe, elle dissimule l'objet de ma concupiscence… Non ! Mon désir est honteux, inavouable, inacceptable ! Un fantasme traverse mon conscient… J'ai le plaisir, pas la faute ! Je suis une fille sage… je suis une femme sage… et pourtant… Je ferme les yeux… Fort !

Je reviens… Je dois détourner mon attention, j'allume mon cell-phone, je mets mes écouteurs. Je me transporte dans l'absolu : Klaus Nomi, un interprète dément, dont la voix me bouscule… Il chante « Samson et Delilah »… Je regarde mon voisin, il s'éveille doucement, il a un regard sublime, ses yeux bleus m'attirent, encore…

Un moment s'installe, on nous offre une collation, je ne sais pas si je veux du thé ou du café. J'aimerais dire « comme lui » ou « comme vous ». Impensable ! Il m'attire comme un aimant. J'apprends qu'il se prénomme Jean-Christophe, cela lui va bien, souvenir de lectures au lycée… Moi, Nejma… Où vais-je ?

Je ferme les yeux, applique mes écouteurs. J'écoute Klaus Nomi, il chante « *mon cœur s'ouvre à ta voix* », de *Samson et Delilah*, pendant que mon cœur s'ouvre aux voix passionnées de l'opéra.

Le soleil tombe vers l'ouest. Un de ses rayons d'or me réveille. Mon esprit reprend vite le contrôle de la situation.

Je constate avec satisfaction que personne ne s'est installé entre nous. Nous échangeons, lui et moi, un regard de contentement et de plaisir, le destin nous est favorable. J'ai l'impression que mon voisin lui aussi prie pour que la place reste vacante. Il s'est aussi endormi un peu. C'est la collation servie qui nous tire de notre sommeil. Le moment porte facilement vers l'échange et la parole. L'homme commence à me parler, à se présenter. Il demeure dans un riad, à Marrakech, et aussi dans le XIIIe, à Paris. Je trouve son histoire proche de la mienne, je me sens en proximité avec lui, comme deux personnes du même pays ou de la même ville, à l'autre bout du monde. Je ne le connais pas du tout. Sans hésitation aucune, je lui montre les photos de ma maison. Avec simplicité, je lui dis tout de suite que je suis mariée et que je n'ai pas d'enfants par choix. J'ignore d'où me vient cette sorte d'impudeur. Je m'étonne de me livrer de la sorte à quelqu'un comme lui, que je connais depuis une heure.

Dans la vie il y a des choses qu'on n'explique pas, la seule chose que je sais à ce moment-là : tout mon être me pousse vers cet homme. Mon cœur ne m'a jamais trompée, je ne me pose pas de question, je me laisse porter par l'élan de cette rencontre improbable. Je le vois dans ses yeux, il a une envie de me connaître, d'en savoir plus sur moi. D'un coup, il me propose de boire un verre à Marrakech, nous revoir, venir visiter ma maison qu'il trouve très jolie. Avec retenue, et une pointe de désir, je lui balance un « *Why not ?* ». J'ai le sourire aux lèvres, mon corps et mon esprit croulent sous les émotions qui me traversent. Je suis transpercée par de multiples envies, l'excitation que je sens, je ne laisse rien transparaître. Je garde mon sang-froid… je sais que je l'ai déjà oublié dans les bras de maman et de papa à la sortie de l'aéroport… mais lui, ne voulait pas, il m'a envoyé des messages, il a insisté pour qu'on se revoie, car la réciprocité dans ces choses-là est essentielle pour moi… on s'est laissé emporter par cet élan mystérieux qui nous guide l'un vers l'autre sans résistance… Je le savais, je le ressentais sans pouvoir l'expliquer… c'est lui !

Le jet s'est posé, nous sommes à Marrakech. Lors de notre débarquement, nos regards, furtivement, se cherchent… et tentent de s'esquiver. La chaleur décline. Quoi que j'en pense, je pressens que nous ne nous reverrons pas, ce Jean-Christophe et moi.

La terre appelle la douceur de la nuit. Je retrouve mes contacts et mes activités. La soirée nous entoure et nous ravit… Jean-Christophe m'envoie un message ! Émotion ! Il y a quelques heures nous étions entre ciel et terre… Ce qui s'est fait dans le ciel ne sera jamais défait sur terre.

Ce jour-là, le jour de notre rencontre, c'est là où ma douzième vie vient de commencer. Je ne m'en rendrai compte que plus tard.

Mon téléphone sonne. Pendant le vol, il s'est débrouillé, assez habilement, pour me demander mon 06… Je suis tout émue… Il vient de s'en servir… Une histoire qui commence ?

Après le message de Jean-Christophe, j'ai Maria, ma sœur, au téléphone, elle m'appelle pour me demander si je suis bien arrivée. Au lieu de lui répondre, je lui dis que je viens de rencontrer un homme différent des autres hommes que j'ai l'habitude de côtoyer, avec leur virilité estompée, grands, baraqués… Lui n'est pas très grand, il n'arbore pas de longs bras, il porte une douceur et une féminité assumées qui le rendent irrésistible et proche des femmes.

Quelques jours après notre rencontre dans l'avion, nous nous revoyons sur la place Jemaa El Fna, au « Zeitoun café ».

Il est déjà là, à m'attendre, il a commandé un thé aux épices, une spécialité de ce café et, en même temps, mon thé préféré. J'arrive, mon cœur bat. Je cherche à le « retrouver », son allure, son regard, l'émotion qu'il dégage. J'effectue une sorte de « reconnaissance photographique », j'entends les cliquetis d'un « 24 x 36 » dans ma tête. Images montées très « cut »… Je le vois, je pense : « Déjà un bon point pour un premier rendez-vous, nous aimons la même chose… »

Je me dirige vers lui, la tête haute, le sourire aux lèvres et le décolleté impeccable. Je me déplace « à la marocaine », seules les femmes d'ici savent se déplacer de la sorte en ondulant d'une façon exquise. Je vois qu'il est attentif à tous mes faits et gestes. Le regard expert du photographe. Il me complimente sur mon élégance, et moi sur la sienne. Je sens le plaisir monter en moi… Nous partons tous les deux de conserve pour deux heures de discussion exquise. Nous discourons sur les headlines de nos vies. Je ne vois pas le temps passer, il me semble dans le même état d'esprit. Je sens que chacun d'entre nous voudrait que ce moment continue, un moment de grâce. Le réel nous freine, je suis obligée de partir, car j'ai des rendez-vous en raison des préparatifs du baptême du nouveau-né de ma sœur, Maria.

Nous nous disons « au revoir », nous échangeons une bise maladroite. Pour la première fois, ses lèvres effleurent ma joue, son souffle brûle ma peau. Son parfum imprègne mon âme, c'est furtif, mais intense. Une voix en moi, espiègle, me dit « ça promet ».

Je souris et je lui fais un clin d'œil, en lui disant « à bientôt ».

À ce moment-là, je ne savais pas que cela serait moins rapide que ce que je pensais.

Trois jours après, il me fait savoir son départ pour l'Australie, à l'occasion d'un long périple. Je lui écris : « Vous allez manquer à Marrakech », et il me répond : « Seulement à Marrakech ? »

Je réponds : « Pas seulement à Marrakech ! »

À l'intérieur de moi, il me manque déjà terriblement. Je le sens. Je le sais. Je suis en « défaillance ».

Entre son voyage et ma triple fracture, nos échanges vont être exclusivement épistolaires pendant un semestre. Nous nous réfugions dans quelques messages sur *WhatsApp*… Jusqu'à maintenant je me demande encore comment nous avons tenu malgré la distance et la faiblesse de notre connaissance de l'autre. Malgré ce double handicap, nous avons trouvé l'énergie de nourrir notre relation naissante.

Six mois d'éloignement avant de nous retrouver à Marrakech, notre point de départ pour nous revoir et nous voir, comme si nous ne nous étions jamais quittés, comme si nous nous connaissions depuis toujours. Rien n'a changé chez nous, à part quelques petits détails. De mon côté, je boite encore, et lui a repris des joues…

Et nos rendez-vous s'enchaînent.

Quelque temps après mes retrouvailles avec Jean-Christophe, nous nous réfugions à Marrakech. Notre désir : rechercher les endroits extraordinaires de la ville. Nous avons testé les lieux branchés, visité les plus originaux, mais notre cœur, à chaque fois, nous poussait vers nos coins préférés, les quartiers de la médina.

C'est Jean-Christophe qui m'initie à certains endroits de la vieille ville, il habite la médina depuis quatre ans. Il s'y sent chez lui. Il connaît beaucoup de petites ruelles, leurs histoires, certains habitants. Je suis sous le charme de cet homme curieux de tout, il est meilleur connaisseur de notre ville et de son passé que certains Marrakchi.

Nous commençons à sillonner tous les coins de la ville, tous nos rendez-vous nous emmènent à la découverte d'un nouveau lieu, d'un site remarquable. Je me confonds avec nos découvertes, une part de moi s'affiche. Il est très curieux de me connaître et impatient de découvrir mon histoire.

Tous ces éléments sont nouveaux pour moi, je suis dans une atmosphère que l'on peut dire bizarre. Je ne suis pas accoutumée à une telle mobilité. Au début, je trouve cette curiosité assez bizarre, mon conjoint, qui m'accompagne depuis nombre d'années, n'a pas cette attention. Il ne connaît rien de mon passé ni de mon histoire, de la femme que j'étais avant de le rencontrer, Mathias est comme cela.

Il n'a d'intérêt pour personne…

Jean-Christophe m'a donné l'envie de m'ouvrir à lui et de forcer la boîte de Pandore… Le jour où nous

nous retrouvons, je le ramène devant la maison de mon enfance. *Dar lkbira* va être le jour où tout a basculé dans notre rencontre. Ce jour-là, un autre homme va me voir nue, dans une nudité absolue.

Nous sommes devant la maison où je ne suis pas revenue depuis une vingtaine d'années, je parcours la médina, mais j'ai toujours évité de revenir au riad de mon enfance.

Je suis incapable d'en dire la raison.

Nous nous sommes arrêtés devant la maison qui était en ruines.

Après la mort de grand-père, papa et ses frères et sœurs ont vendu la demeure. Personne ne nous a demandé notre avis sur l'affaire, nous sommes des enfants, bien sûr, nous ne comprenons rien !

Mon *habiby* m'a pris la main, mes larmes coulent, douces et amères, ses yeux brillent de son émotion, quelques fulgurances traversent nos cœurs à ce moment-là.

Et là, une ancienne voisine passe à côté de nous, elle me dit à haute voix : « Nejma, tu as grandi, toi ! » et elle saute sur moi. Je suis incapable de bouger, entre ses bras et ses embrassades. Elle me lance : « C'est ton mari français ? » Je ne réfléchis pas et je lui réponds « oui ! ». Heureusement que *habiby* ne comprend rien à notre langue… Nous avons échangé quelques mots de plus et elle est partie.

Je le regarde longuement et je dis : « Allons prendre un thé… et je vais vous raconter… »

Je suis prise d'une sorte de bouffée d'émotion. Je veux le ramener dans mon jardin secret, je veux m'ouvrir à lui et seulement à lui. Les souvenirs s'entrechoquent dans ma tête… Je veux lui raconter tout, je ne veux rien oublier, je lui serre la main et je le ramène à notre petit café où tout le monde le prend pour mon mari. Les gens là-bas ne peuvent pas imaginer que je suis mariée à un autre homme…

Ma famille

On ne naît pas femme : on le devient.

Simone de Beauvoir

Je m'appelle Nejma, étoile en arabe, mes parents avaient vraiment besoin d'une bonne étoile pour garder ce bébé qui venait de naître…

Maman a choisi ce prénom pour moi avec l'accord de papa, après une histoire abracadabrantesque. Une décision symbolique et forte. Ils venaient de perdre un garçon de six mois et une petite fille d'un an et demi. Leur peine était immense, il leur restait une seule fille, ma grande sœur, on imagine leur détresse. À cette époque, la mortalité infantile était encore élevée. Les mentalités étaient très éloignées de celles de la Chine où le modèle qui triomphe est celui de l'enfant unique.

Maman portait un rêve fou. Superstitieuse, elle s'est rendue dans un mausolée, on le nomme « la Nejma sagratiya », dans la Médina. De nombreuses femmes vont là-bas pour effectuer des « demandes d'enfants ». Ce sont surtout des femmes stériles ou qui rêvent d'un mari, ou encore celles qui ont dépassé l'âge de se marier et qui redoutent de rester vieilles filles…

Maman s'est rendue sur place avec ma tante Aïcha, encore célibataire, le mausolée était vide. C'était assez normal, nous étions en pleine canicule en ce mois de juillet 1976. Des tapis rouges jonchaient le sol, arborant des motifs de toutes les couleurs. Au centre du lieu, comme il convient dans un pays où l'eau est précieuse, une fontaine dispensait l'onde. Les gouttes dansaient à travers les rayons du soleil, la tombe était cachée d'un joli drap vert, avec un verset du Coran calligraphié en caractères arabes. Maman avait apporté un paquet de bougies, comme c'est la coutume. Elle embrassa les deux côtés de la tombe et se mit à prier à côté d'une fenêtre ouverte. En pleine supplique, les deux femmes, sidérées, entendirent des cris de bébé. Personne dans les alentours ! Étrange ! elles ont cela comme réponse à leurs supplications… quelques mois plus tard, je suis née.

C'est pour cela que j'ai été couvée et protégée à l'extrême par mon père et ma mère. Et de la sorte j'ai pris le nom du mausolée : Nejma.

Je suis la patronne, une amoureuse de la vie, une force inépuisable, une séductrice dans l'âme, ce ne sont pas les hommes qui me choisissent, c'est moi qui choisis les hommes avec lesquels je partage ma vie et avec qui j'effectue un bout de chemin.

J'ai choisi d'être Eve, je laisse l'habit de Marie à d'autres femmes qui s'épanouiront, entourées d'enfants. Ce genre de vie n'est pas le mien.

Je veux être une femme, pas une mère, c'est un choix… mon choix ! Mais avec le temps, je me rends compte que ce désir a toujours été en moi. Je n'ai pas choisi, c'est ma nature profonde, essentielle. Et si j'ai envie de faire quelque chose, il faut me tuer pour que je ne le fasse pas.

Je ne lâche jamais rien et je laisse le privilège de me rendre heureuse, ou malheureuse, à personne.

Je suis imprévisible, impulsive et réfléchie… Tout cela à la fois, en fonction des situations !

Je suis intelligente, en tout cas, je le crois.

Je contrôle et j'aime contrôler.

Mais je laisse toujours une part à l'inattendu et à l'imprévisible.

Ma vie a commencé par un désir fou de la part de mes parents : ils ont voulu un nouvel enfant, de toutes leurs forces. Et ce nouveau-né, ils allaient tout faire pour le garder en vie. Ils avaient perdu deux enfants avant moi, après la naissance de ma grande sœur. Pour eux, c'était absolument vital, et pour eux, et pour moi… Alors, nous sommes devenues, ma sœur et moi, le centre de toute leur attention.

Ma grande sœur, Zora.

Une femme de peau blanche, avec des formes marocaines.

Travailleuse, gentille.

La douceur de la famille incarnée en elle.

Maria, une fille brune, grande, svelte, positive, rayonnante.

Elle nous pousse à être le/la meilleur/e. Elle relativise tout, une sorte de rayon de soleil…

Naturopathe et coach de développement personnel.

Kenza, ma petite sœur, une mère courage, l'ange gardien de la famille, une belle fille aux yeux asiatiques, avec un corps de Brésilienne et une générosité absolue sur tout. Dans le registre émotionnel et financier.

Courageuse, perfectionniste, douce et très attentionnée.

Adham, mon frère, est un homme plein de convictions. Il porte une mentalité d'homme marocain. Mon père s'en est beaucoup occupé, il lui a transmis des valeurs, il a tout fait pour développer ses capacités d'observation et de réflexion.

Très intelligent, intuitif, indépendant, une force de caractère. C'est mon frère !

Il est kinésithérapeute, spécialisé en neurologie.

Je l'ai toujours considéré comme mon fils. Nous avons quatorze ans de différence. Notre lien est solide. Maintenant, c'est lui qui gère mes affaires au Maroc. Je lui ai transmis le goût de l'ambition et de la persévérance. Pour lui, l'argent n'est pas un mal, c'est simplement le meilleur moyen pour pouvoir aller au bout des choses afin de dire et faire ce qu'il veut, réaliser ses rêves. Il agit d'une main de fer.

Le pouvoir de l'argent ne réside pas dans le fait de provoquer le bonheur, il donne le sourire, facilite les choses, aide à vivre.

En parlant de l'argent, moi qui vis entre Paris et Marrakech, j'ai remarqué quelque chose : l'argent est tabou en France, comme le sexe est tabou au Maroc.

Les Français parlent plutôt librement de sexe, alors qu'ils ont des difficultés à évoquer l'argent.

Les Marocaines parlent librement d'argent, et tout le monde évite le sexe. De la sorte, cela n'existe pas et pourtant la fornication est partout, dans « *le halal et le haram* », cela veut dire des relations conjugales et clandestines.

Maman, la mère la plus extraordinaire au monde. Dans sa vie, elle a deux passions : ses enfants et la cuisine.

C'est une histoire d'amour qui a mal commencé… très mal, mais avec le temps… C'est la mère la plus tendre au monde, c'est normal, c'est ma mère : Amina.

Maman, après avoir eu quatre filles, s'est sentie désemparée, triste, il lui manquait quelque chose… ou plutôt quelqu'un… un garçon ! Dans les pays d'Afrique, quand l'aîné n'est pas un garçon, c'est celui que l'on « attend » systématiquement. « Encore une fille ! » dit-on, cela altère la joie de la famille. La société marocaine est très marquée par la présence du garçon et de l'homme. Néanmoins, et je trouve cela formidable, la femme ne perd pas son nom au mariage, un signe de respect et d'indépendance.

Ma mère avait un certain mal à gérer la maisonnée. Nous demeurions dans un vieux riad, accueillant mon grand-père, sa femme et sa fille… Sans oublier ma tante Aïcha, son troisième mari et mon oncle Kbir, un vieux garçon solitaire…

Maman est tout et fait tout dans la maison. Elle s'occupe de notre vie et de notre éducation. De son côté, papa travaille jour et nuit pour assurer une vie correcte à tout ce beau monde.

Maman est une femme brune, mate, avec de longs cheveux noirs et de jolis yeux noisette. Papa adore les films indiens. De fait, maman ressemblait à ces actrices que papa vénérait à l'époque…

Après cinquante ans de mariage, la flamme est encore là…

Papa est un homme humble, modeste et travailleur. Il était dans l'armée, il nous disait toujours : « Travail, travail… camarade ! » Pendant toute mon enfance et mon adolescence, j'ai entendu cette phrase. Papa nous encourageait à suivre des études, à obtenir des diplômes, les seuls moyens à ses yeux pour garantir notre liberté et l'indépendance de la femme. Il n'avait de cesse de nous répéter que nous étions belles, intelligentes, porteuses de confiance et de sérénité. Un jour, comme je sortais de l'aéroport, il est venu vers moi, très vite, alors qu'il y avait beaucoup de monde. Je lui ai dit : « Papa, tu as réussi à me voir, avec tout ce monde ? » et il me répondit : « On ne voit que toi, ma chérie ! » Au Maroc, c'est un papa de type extra-terrestre.

Il était très dur avec nous, dans le registre de l'éducation, pour les sorties, à propos de nos vêtements. Mais il était aussi d'une douceur absolue dans nos relations du quotidien. À la maison, personne n'osait le contrarier ou le contester. Il a su fabriquer une sorte d'aura qui forçait le respect et une forme de distance.

Un homme calme et réfléchi, le contraire complet de ma mère, impétueuse et enflammée, j'ai tout pris d'elle.

Ils se sont mariés très jeunes.

J'ai été élevée dans un amour extraordinaire, mais papa n'a pas pu me protéger de tout.

Et surtout de l'impensable.

Il sera trahi par une personne à qui il faisait pleinement confiance. Quelqu'un qu'il considérait comme un homme savant et de foi.

Le coup de poignard viendra de son professeur coranique qui fut aussi, le mien…

J'ai regardé Jean-Christophe dans les yeux, nous étions au *café de la Poste*, un des plus anciens cafés de Marrakech, avec ses décors sombres et élégants. Ce jour-là, j'avais besoin de parler, besoin de partager ce qui m'habitait et m'oppressait depuis toutes ces années. Je sentais que le moment était venu, je portais un poids énorme, il m'était, au sens propre, devenu insupportable. J'avais besoin d'évoquer le souvenir de mon enseignant, à l'école coranique.

À cette époque, je suis encore une toute petite fille, j'ai à peine cinq ans. Au Maroc, c'est le temps du jardin d'enfants. Notre instituteur se nomme monsieur Brahim, c'est un imam. À cette période, ce voisinage est très courant. La mosquée de notre quartier comprend aussi une sorte de jardin d'enfants. Le même homme dirige et anime le lieu de culte et la petite école. À cette époque, il est très courant que les imams occupent deux emplois.

L'essentiel de nos apprentissages consiste à ânonner le Coran. C'est du « par cœur », les gamins s'époumonent, assis sur un grand tapis, tous les enfants crient en même temps. Du matin au soir, nous répétons les mêmes versets, jusqu'à ce qu'ils s'ancrent en nous…

La plupart du temps, Monsieur Brahim m'invite à m'asseoir à côté de lui, nous sommes à quelques mètres des autres enfants. Il prend ma main, la pose sur sa cuisse… Je ne comprends pas vraiment ce qu'il se passe… Je sens une sorte de trouble. Parfois, je laisse tomber ma main, par fatigue ou inattention. Il s'en saisit, la remet en place… Il fait bouger mes doigts comme pour des caresses, je suis émue… Mon enseignant a au moins 70 ans, il porte une djellaba et un turban blanc sur la tête. Il est toujours bien ajusté, une longue barbe blanche orne son visage, il m'impressionne et me fait peur. Je n'arrive pas à me sentir bien près de lui. Tout le monde lui baise la main ou la tête, tout le monde le respecte. Papa fut son élève, pour lui c'est l'homme le plus pieux de la ville. Avec cette vilaine habitude que monsieur Brahim m'impose, je n'ai jamais pu apprendre un seul verset du Coran, je me pose la question : pourquoi moi ? Il se sent assez à l'aise pour se faire caresser devant tout le monde, ils sont aveugles, c'est horrible ! Personne n'ose le regarder dans les yeux, tout le monde récite, comme dans une sorte de transe, et moi, les mains fatiguées, mouillées, personne ne se soucie de moi…

Je me sens tellement mieux ! J'ai réussi à tout raconter à Jean-Christophe, sans gêne, sans honte et sans culpabilité. À cinq ans, on ne comprend pas, on ne culpabilise pas ! Pour ma part, j'avais complètement effacé cet épisode de ma vie. Je me suis rendu compte qu'avec le temps, j'avais effectué un travail de mémoire. J'avais comme enfermé ces souvenirs au plus profond de mon esprit. À partir de mes vingt ans, petit à petit, des bribes de souvenirs ont commencé de remonter à la surface de mon conscient. Je ne pense pas que nous sachions pourquoi. Le poids de l'inconscient ?

Jusque-là, je n'avais jamais raconté mon histoire. Avec Jean-Christophe, c'est différent. Je sens que je peux, ct surtout que je dois le faire.

C'est une envie, un besoin, sa légèreté de répondre à des choses graves me rend folle de lui.

Mathias, mon mari.

Un haut fonctionnaire décoré de la Légion d'honneur, un homme exemplaire, aimant, intègre et très charmant… Tous les hommes de ma vie sont beaux !

Je suis sa troisième femme tandis qu'il est le premier homme de ma vie.

C'est mon Pygmalion, il m'a initiée à l'opéra, au chant classique, au théâtre, à la philosophie… Moi, j'avais un seul loisir que je cultive depuis toujours. Depuis mon très jeune âge, je lis, je lis… Un monde de rêves et d'évasion. Avec mes lectures, j'ouvre une porte dans le mur de notre chambre. Mes trois sœurs et moi occupons une chambre commune. Chacune possède un lit individuel, mais je suis constamment sous le regard de l'une ou de l'autre. C'est dans mes livres que je trouve mon intimité, ma solitude, ma privauté. À l'époque, je me procure des bouquins à un dirham, chez mon libraire, Sy Abdellah. J'ai lu Ihssan Abdel Koudouss, Njib Mahfouz, Tawfik al Hakim, Agatha Christie, Arlequin, Tahar ben Jeloun.

J'ai beaucoup d'admiration pour Mathias, pour sa force, son calme, sa compréhension des choses. Au début, je vis une passion immense pour lui, après, avec le temps, le respect et l'estime se substituent à ce sentiment initial. Avec Mathias, nous ne nous sommes jamais disputés, en revanche, peu à peu, nous nous sommes éloignés doucement l'un de l'autre. Notre regard sur la vie, nos projets d'avenir et nos ambitions ont divergé. Pour lui, sa vie était structurée, tandis que moi j'avais tout à construire. Notre couple a toujours porté une différence d'âge, elle n'a jamais été un problème, elle a même alimenté notre force. Le problème était ailleurs.

Ma vie a commencé dans « *dar Riad Zain* », la vie avec mon grand-père, l'homme de ma vie. Bahnini veut dire « tendre père », un homme grand, pieux, respectueux de la femme, un exploit pour un homme de son âge et à l'époque, un philosophe, un homme de paix qui nous aime moi, mes sœurs et mon petit frère Adham, le prince de la famille, aimé comme la prunelle de ses yeux. C'est lui qui nous enseigne l'islam, avec toute la beauté de cette religion. Je me sens étrangère à l'islam de BFM, ou certains musulmans de France, qui n'ont jamais lu un verset du Coran, en se proclamant les détenteurs de la vérité sur cette religion mal aimée, mal comprise, mal expliquée, oui Bahnini nous montre les lumières de notre religion, la tolérance, le respect de l'autre et de sa différence, le Coran est fait à presque 80 pour cent, de la manière de se comporte en société, avec nos voisins et les autres religions. Dans le Coran, tout a été écrit noir sur blanc : on doit croire à toutes les religions monothéistes, à leur-s livre-s sacré-s. Cela, personne n'en parle, car ce n'est pas « vendeur », autant que les versets, qui parlent de la guerre et des violences des combats, entre ennemis. À l'époque, il n'y avait que l'épée…

Il n'y avait pas encore les drones suicides ni la Kalachnikov.

De tout temps, les gens font la guerre avec les moyens du moment, c'est ce qui est rapporté dans le livre sacré, qui a quatorze siècles.

Les choses ne sont plus les mêmes, depuis des lustres, et pourtant…

Je ne veux pas défendre ma religion, elle n'en a pas besoin. Une évidence, c'est dans ce dogme, que j'ai appris, depuis que je suis petite, et au sein de ma famille, ce qu'est l'islam… La religion est une affaire personnelle, intime, comme notre préférence pour certaines positions sexuelles. À mon avis, on ne le crie pas sur tous les toits…

À la médina, chez mes parents, nous sommes entourés de femmes pendant la journée, car les hommes rentrent tard, le soir. Nous sommes nombreux à Dar lkbira : mes parents, mes sœurs, mon frère, Bahnini, sa femme, sa belle-fille, ma tante paternelle, son mari et enfin mon oncle, lkbir, qui heureusement a choisi le célibat et la vie de bohème. La maison était très animée, il y avait, aussi, nos deux voisins, Lakbira et Lazohra, nous étions, vraiment, une tribu de femmes, au cœur de la médina. Avec mes sœurs, nous avons grandi, entourées par tout ce beau monde. Une femme marocaine est éduquée comme un pur-sang arabe, pour réussir à être la plus merveilleuse, la plus sensuelle, la plus intelligente. L'objectif : ramener, à la maison, un mari fortuné, pour que toute la famille en profite. Nous apprenons à nous occuper de notre beauté, de notre corps, de notre cerveau. Tout est étudié pour être la meilleure des femmes, la preuve : la femme marocaine est la femme qui « s'exporte » le mieux dans le monde. Nombre d'entre elles sont mariées avec des gens connus, des célébrités, partout dans le monde, elles sont présentes, car elles ont une vision merveilleuse du couple. Ce ne sont pas des féministes, surtout pas des femmes soumises, comme on aime bien les décrire en Europe. Nous pensons qu'être l'égale d'un homme est un non-sens. Puisqu'hommes et femmes sont différents, nous cherchons à nous compléter. J'aime beaucoup une citation de Marilyn Monroe : « *Une femme, qui cherche à être l'égale de l'homme, manque d'ambition* », je crois que toutes les femmes marocaines doivent quelque chose à Marilyn.

Les femmes, dans notre maison, passent toute la journée dans la cuisine, elles font la lessive à la main, préparent les repas. En fin d'après-midi, maman effectue une rapide toilette, enfile son caftan, s'entoure de son parfum au chèvrefeuille. Celui-ci reste présent dans ma mémoire à tel point qu'il est devenu mon parfum préféré. Lamina, en fin de journée, devient une autre femme. Grâce à son maquillage, sa métamorphose est complète. Maman est mate de peau, avec une longue chevelure noire d'ébène. Papa adore sa beauté indienne, maman arbore le caftan de l'épouse, de l'amante, de la confidente, pour lui. Ce rituel façonne toute notre enfance. Maman, chaque soir, a déjà préparé le récipient, qui va accueillir les pieds meurtris, par le travail, de son époux. Papa est chauffeur de bus, elle a préparé de l'eau chaude, du sel et de la fleur d'oranger. Chaque soir, maman masse les pieds de papa, un moment d'élection, où, d'une façon rituelle, ils échangent sur leur journée. Je garde, de ces moments, des souvenirs de mes parents, la beauté de maman, le courage de papa.

C'était leur manière de dire « je t'aime ! ». Il n'y a pas d'amour, il n'y a que des preuves d'amour.

Avec mes sœurs, nous sommes très soudées, notre amour est inconditionnel. Nous sommes très différentes, et en même temps, très complices. Je pense qu'une relation aussi forte que la nôtre est très rare. Zora, Maria, Kenza, et mon prince Adham, telle est ma vraie richesse. C'est ce que j'ai de plus précieux dans cette vie, je sais qu'ils seront toujours là, pour moi, quoi qu'il arrive.

Là, avec les filles, nous allons passer l'après-midi de ce dimanche au hammam, un moment de détente, de confidence, et de féminité. La vapeur nous embaume, c'est un festival de nudités, de sensualité, les femmes sont complètement nues. Il y a quelques jeunes adolescentes, qui exposent leur explosion d'hormones, des seins qui commencent à être généreux, des fesses bombées et des yeux de biche, elles sont fières de montrer leur féminité naissante. Il est courant que certaines mères profitent de ces moments, pour effectuer des « repérages » pour leur fils. Elles observent toutes ces femmes, recherchant celles qui sauront accompagner leurs garçons. Ici, celles-ci sont exposées sous des regards exigeants, leur seul vêtement, le sourire.

Au hammam, nous abordons tout ce que nous ne pouvons pas ou ne voulons pas aborder à la maison. Pour accompagner nos paroles, nous portons des masques d'argile et de pétales de roses.

Dans nos cheveux, nous appliquons un mélange de henné et de clous de girofle. L'odeur est capiteuse, elle fleure bon et cela donne une jolie couleur à nos chevelures. Chacune d'entre nous porte un petit morceau de charbon noir, que nous utilisons pour le brasero. Nous nous brossons les dents avec, le résultat est magique. Nos dents sont très blanches, notre corps est doux et parfumé. Au moment où nous sommes sur le point de nous rhabiller, Maria nous donne à chacune, à tour de rôle, une amande, à moitié brûlée. Son rôle, bien souligner nos sourcils. Ces moments sont merveilleux. Ils nous permettent de célébrer la femme que nous sommes, et nous aident à nous ancrer dans une sensualité assumée.

Nos djellabas sont colorées, nos foulards n'ont rien à voir avec le voile « islamiste ». Leur objet : protéger nos cheveux et notre tête d'un coup de froid, en sortant du hammam. À ce moment-là, toutes les femmes sont voilées. Ne nous fions pas aux apparences, elles sont trompeuses !

Papa a voulu faire de nous des femmes indépendantes, il a insisté sur les études, un domaine où il s'est montré très exigeant et sévère. C'est grâce à sa volonté que mes sœurs et moi avons suivi une scolarité exemplaire. J'ai été très heureuse de fréquenter le lycée et la faculté. Comme Maria et Kenza, nous avons suivi un cursus, qui nous a emmenées dans le même univers : des études de littérature anglaise. Nous voulions un autre univers que le nôtre, voyager, et ce grâce à la langue ! La langue, une autre langue… À l'intérieur de moi, c'était une évidence, je ne souhaitais pas épouser un Marocain. Je n'ai rien à leur reprocher, rien, mais je suis une femme très libre, très indépendante. Aucun homme de là-bas, aucun homme arabe, n'acceptera ce que Mathias m'a accordé. Pendant toute ma scolarité, jusqu'à l'Université, les garçons n'existent pas pour moi. Je suis concentrée sur mes études, et quelques fêtes avec mes copines. Vers vingt ans, je commence à travailler, de temps en temps. Je suis hôtesse d'accueil, pour des congrès et des séminaires, à Marrakech. Au début, c'était Maria qui a commencé à travailler là grâce à l'aide d'une de ses copines. Maria a tous les atouts pour ce job, elle est sublime. Grande, svelte, brune, dorée… en prime, elle est intelligente et trilingue. Moi, j'étais un peu moins grande, un peu moins svelte… mais intelligente, tout de même ! Un jour, comme j'accompagne ma sœur, pour un entretien, à l'occasion d'un congrès médical mondial, consacré à l'urologie. Je ne sais pas ce qu'il m'arrive, j'interpelle la dame qui s'occupe des candidates. En un instant, elle me regarde, me sourit, me demande si je suis disponible pendant la semaine que dure le congrès. J'ai bien fait. Elle me dit que je suis une fille effrontée et téméraire… Je suis « bonne pour l'emploi » ! Tout commence ce jour-là, une nouvelle voie s'ouvre à moi. En une semaine, je vais percevoir un salaire supérieur à celui de mon père, en un mois.

De plus, les conditions de travail sont « festives » ! Après le congrès, le personnel se retrouve pour des libations qui durent jusqu'à 4 heures du matin. Tous ensemble, nous parcourons Marrakech, en tous sens. Nous visitons les hôtels et les endroits les plus prestigieux de la ville, grâce à ce job de rêve. Chaque jour, nous rencontrons des hommes et des femmes, qui viennent de toute la planète. Notre anglais, tout comme notre français, est applaudi par tous nos interlocuteurs. Nous commençons à nous habiller autrement, nous achetons des maquillages « haut de gamme », mais, prudentes, nous nous maquillons loin de papa. Pour lui, nous sommes (serons ?) toujours ses « petites filles à la maison ». Depuis quelque temps, j'ai une poitrine généreuse, alors, à la place de mon soutien-gorge, j'aplatis mes seins, à l'aide d'un foulard, car j'ai du mal à assumer ce signe de féminité. Je crois que Lamina, ma mère, avait du mal avec nous quatre au moment où nous sommes passées de corps de filles sans formes à celui de femmes formées. Un moment délicat, et ce ne fut guère la meilleure période entre maman et nous. Ce n'est que plus tard, que nous nous sommes retrouvées, dans une relation mère-fille…

Mes premières rencontres, très vite, ont vu mes vœux exaucés, mon rêve réalisé ! Je suis avec un homme qui comprend ma différence, ma liberté… Déjà, je commence à m'exprimer dans une autre langue autre que ma langue maternelle. Je voyage, je bouge, je m'exprime avec un homme, loin de moi. Tout nous différencie, mais une langue nous réunit. Je me suis ouverte à l'esprit européen, occidental, avant de venir en France, il faut savoir que j'ai grandi dans la médina, mais dans mon acte de naissance, j'ai déjà un premier signe de distinction : je suis née à Gueliz, le quartier chic et *VIP* de ma ville c'est le XVIe de Marrakech, l'avenue Montaigne de la ville rouge, toute proportion gardée. Il était déjà écrit que je serai là fille de la médina et des beaux quartiers de Paris. Avec Mathias, j'étais à la *garden-party* de l'Élysée, sous Jacques Chirac. J'étais terrorisée et en même temps je passe pour une fille fière, mais sûre de moi, avec mon *poker face,* on ne voit qu'une femme sûre d'elle, mais souriante.

Je suis née à Gueliz. Pour les vacances scolaires, nous gardons la villa d'un grand-oncle de papa. À chaque fois, quand mon père vient nous chercher avec la *Mercedes*, c'est le bonheur absolu ! Nous allons passer les vacances dans ce lieu de rêve ! La nuit, je ne dors pas. J'ai hâte de voir les rayons du soleil illuminer notre chambre, je suis la première à être habillée, à être prête. Pour nous tous, cette parenthèse enchantée dans une villa avec piscine et un jardin magnifique, des pommiers, des oranges, des palmiers et des rosiers, beaucoup de rosiers. Ce lieu c'est le cadeau de Dieu, c'est « Njema au pays des merveilles », et mon « personnage » préféré se trouve être le berger allemand, avec lequel je passe mon temps à jouer et à parler. Ici, tout est tourné vers la félicité et le bonheur. Le plus paradoxal c'est que si nous sommes enchantés de vivre dans cet endroit quelques jours par an, les propriétaires du lieu avec leurs enfants, Sofia et Jalila, n'en semblent guère émerveillés. Ils ont le regard triste et blasé, ils manquent d'enthousiasme. Peut-être est-ce dû à leurs yeux. Ils n'ont connu que cela, ils sont éteints… Ils n'ont plus de joie profonde.

En tout cas, pour notre fratrie, mes sœurs, Adham et moi, nous vivons des vacances de rêve, et à la fin de l'été, Lala Fatimezohra, notre tante, nous donne des jouets, des livres, et des vêtements presque neufs. J'ajoute que, riches, ils habillent leurs enfants de grandes marques françaises, résultat, depuis toute petite, je suis habituée à mettre de beaux habits, et j'aime cela. Je le reconnais.

Mon point d'appui, mon armature et mon ancrage, c'est ma famille. Ils seront toujours là, et les autres vont et viennent au bon gré du destin. Ce rythme me va bien. Je suis preneuse !

Notre famille a deux « patrons », un pour le jour, mon grand-père qui travaille le soir, et un pour le soir et le dimanche, papa, qui travaille la journée.

Mon grand-père insiste sur l'éducation et la discipline, il est passionné par la lecture. Papa s'enquiert de nos notes à l'école et va voir les enseignants. À la fin de sa vie, quand grand-père n'arrivait plus à lire, c'est moi, ou mes sœurs, qui nous en occupions. C'est très certainement de là que vient mon amour pour la lecture. Tout le temps de ma jeunesse, je passe mon temps libre, à voyager, à m'évader, à fantasmer avec les livres. J'ai mille et une vies, je m'épanouis à lire, tout mon argent de poche passe dans la location de livres et quelques centimes, pour acheter des chewing-gums colorés, avec lesquels je me maquille. Avec mes sœurs, nous nous déguisons en femmes fatales. Nous utilisons toutes les couleurs et nous nous faisons des ongles longs avec la partie rouge de l'emballage du fromage, nous empruntons à maman ses caftans et nous passons nos soirées à jouer aux dames, distinguées, de la haute société. Nos jeux sont simples, ils ne nécessitent pas un grand budget à nos familles, nous faisons avec les moyens du bord, nous sommes heureux. Maman, avec une vieille machine à coudre *Singer*, nous fait des robes, des tabliers, des jupes à l'européenne. Elle s'inspire des magazines, que nous trouvons chez notre voisine Malika, son mari travaille dans un hôtel, de la sorte, il peut, aisément, récupérer les périodiques que les touristes laissent derrière eux. Résultat : notre habillement est toujours différent et personnalisé, pour chacune d'entre nous. Avec le temps, nos caractères se sont développés, affirmés, et chacune de nous possède une identité qui lui est propre. Notre parcours a été commun jusque-là. À présent, des chemins de traverse s'ouvrent. Dans le registre des vêtements, je suis la plus exubérante : j'aime les jupes courtes, les robes moulantes, les décolletés. Mon amie Maria, plus grande de taille, plus svelte, préfère la discrétion, les choses sobres. Elle est mon alter ego, dans la vie et dans les études. Même, avec notre différence d'âge, nous fréquentons la même classe, un décalage dû à ma santé fragile, entre la tuberculose et des problèmes de cœur, les premières années de l'école furent chaotiques. Maria m'a rattrapée très vite, c'était la plus belle chose qui me soit arrivée. J'étais en concurrence avec elle tout le temps, sa présence m'a beaucoup aidée à l'école. J'aime la compétition, je n'aime pas les gens qui disent : « le principal c'est de participer », non, si je m'investis, c'est pour gagner, la *lose* ce n'est pas mon truc !

Je sais que je suis pleine de contradictions, mais je porte une forte cohérence sur l'essentiel de ce qui fait ma vie. Avec le temps, je relativise beaucoup. Je sais la valeur des choses que je possède, je regarde mon existence avec gratitude. Tout ce qui m'arrive m'enchante et me bouleverse. Je suis ce que je vis. Ce qui m'arrive me construit.

Les gens qui m'entourent ne comprennent pas, toujours, ma façon de vivre, peu m'importe, c'est égal ! Je ne fais pas de différence entre ceux que je connais un peu et ceux qui me sont très proches. LA question est récurrente : « Mais enfin, quand vas-tu avoir un enfant ? » Ils ont beau être bienveillants, même si ce sont des personnes qui sont chères à mon cœur… Le fait que je sois sans enfant pose question. Ils n'arrivent pas à admettre que ce n'est pas une souffrance ! Chaque matin, après mon moment de méditation, je suis ravie d'être responsable de ma vie. Je suis le dieu qui me guide, dans mon choix, et je m'en réjouis. Les gens ont beaucoup de mal à entendre, et admettre que l'on peut être heureux sans progéniture. Je n'ai jamais pensé que l'on pouvait m'appeler « maman », j'aime bien mon prénom, il suffit à mon bonheur.

J'ai toujours vécu entourée de bébés, très jeunes. Quand j'étais enfant et adolescente, la femme de mon grand-père était « famille d'accueil », pour des bébés abandonnés, à la maternité. Au Maroc, les femmes, qui sont tombées enceintes « dans le péché », autrement dit, sans être mariées, donnent naissance à leur bébé, puis se volatilisent en laissant les nouveau-nés à l'hôpital. Au tout début, l'État les place dans des familles d'accueil, dans l'attente d'une adoption. En conséquence, « momty », la femme de mon grand-père accueille une dizaine de bébés, en même temps. Elle s'en occupe merveilleusement bien et toute la famille l'aide et l'assiste. Je suis âgée de sept ans, et je prends en charge, les couches, les biberons et le dodo. Je voulais être leur maman, leur vie commençait mal à cause de l'abandon. Je trouvais cela tellement cruel ! Les familles qui venaient adopter un enfant cherchaient le meilleur bébé pour la maison. À l'adoption, les petites filles partaient les premières, suivaient les beaux garçons. Après, on trouvait des bébés qui n'étaient pas des as de beauté. Du coup, ils restaient longtemps avec nous… Prise par l'affectif, Momty a décidé d'adopter trois de ces enfants. Je crois que cette expérience avec les bébés, très tôt, m'a immunisée quant à l'envie d'être maman, ou la frustration de ne pas l'être…

C'est un choix de cœur et de corps. Je ne sens aucun manque, aucun doute. Ma vie est très belle de la sorte.

L'idée, communément admise, dit que les enfants c'est un bonheur pour les autres, j'ai mes neveux et ma nièce, c'est déjà très bien. Je n'ai que les bons côtés, les bisous et les câlins. L'amour reste la quête de ma vie.

Je fais tout par amour, et pour le bonheur que me procure ce dernier. C'est ma force et mon talon d'Achille. J'assume ce goût prononcé pour la passion, je rêve d'une vie passionnante et je fais de mon mieux pour que ce soit le cas. Car à n'importe quel moment, tout peut s'arrêter, et les regrets ne serviraient à rien. Je n'en veux pas !

Cette vie, que je mène, bien entourée, est, aussi, marquée par la solitude. Je vis, comme nombre de mes congénères, dans le mouvement et une certaine presse. Très souvent j'ai besoin d'une pause, d'un moment de recul, de me retrouver face à moi-même, entre plaisir et apaisement. Ces moments d'introspection sont primordiaux pour mon équilibre. Et je les affectionne tout particulièrement.

Et c'est là mon paradoxe. En groupe, je fais semblant d'être à l'aise, et toute seule, je suis heureuse, rassurée. J'adore être « dans le groupe », et pourtant…

Dans mon prénom, dans mon lieu de naissance, il y a, déjà, un signe de mon destin. Tout était calculé pour que je suive ce chemin, aussi tortueux que beau. Dans mon enfance, j'étais entourée de femmes, éduquée et façonnée par elles. Rien n'a été laissé au hasard, dans mon éducation. Il fallait que je sois femme, l'univers a fait que mon corps répond à cette volonté. J'ai bénéficié d'atouts physiques, qui m'ont facilité les choses, avec les hommes. Mes cheveux longs, une forte poitrine, une peau douce, des yeux de biche et des lèvres charnues, m'ont permis de mesurer, très vite, l'effet de mon physique sur les hommes. J'accrochais leurs regards et leurs désirs. Tant qu'on n'a pas vécu ces moments-là, on ne sait pas le sentiment de victoire, qu'il nous donne. J'en ai joué, j'en ai abusé.

Au moment où je me suis affirmée, je me suis entourée d'hommes. Mes amis sont exclusivement des garçons, j'aime leur rapport à l'amitié, leur façon, toujours directe et claire, de dire et de faire. Avec les femmes, rien ne va, cela ne marche pas, cela ne matche pas. Rien à faire, ma façon de penser et ma façon d'agir sont exclusivement masculines. J'ai toujours eu un homme dans ma vie, avec un lien d'amour et/ou d'amitié. J'ai besoin de me voir dans les yeux d'un homme, cela me rend heureuse. Dans ma vie, il y eut, très longtemps, Marc, une amitié de vingt ans. Il fut tout à la fois un copain, un confident, un ami fidèle et mon amoureux secret. Nous avons fait les quatre cents coups ensemble. Le tout début de notre lien commença avec un baiser volé. Il est fort probable qu'il en voulait « plus », mais je n'étais pas très partante pour une relation amoureuse avec lui. Je l'aimais, mais pas dans l'idée de nous retrouver « les jambes en l'air », ensemble. Je l'aimais, mais différemment, il a accepté cette relation assez « différente » et nous avons construit un lien, très fusionnel. Je connus ses petites amies et il connut mon mari qui, par ailleurs, n'a jamais manifesté aucune jalousie envers lui. Mais quand Jean-Christophe est entré dans ma vie, il ne l'a pas supporté, il ne l'a jamais aimé. Il s'est éloigné avec beaucoup de tristesse…

Ma vie est riche de mes rencontres. La seule rencontre féminine qui a fait réellement de moi la femme que je suis c'est l'*Hajja*. C'est une femme d'exception, rencontrée le temps du lycée. Un jour, à ce moment de mon adolescence, j'étais en classe, quand une copine m'a proposé de l'accompagner. Elle allait visiter une de ses tantes. Je me dis : « Pourquoi pas ? ». Nous arrivons devant la maison, frappons à la porte. Dans les vieilles demeures de la médina, il n'y a pas de sonnette. Au milieu de l'huis, une pièce en métal doré a la forme de la main de Fatma. Nous nous manifestons en utilisant le heurtoir, au seuil du logis, cela donne un bruit très sonore, de plus, nous pensons aux contes et légendes de notre enfance. C'est une sorte de pièce métallique, ouvragée, assez jolie, et qui en même temps fait office de poussoir du « mauvais œil » de la maison, la fonctionnalité première de la main de Fatma. En deux secondes apparaît une grande femme, bien en chair, à la peau blanche laiteuse. Elle arbore un caftan, fait sur mesure, un décolleté de rêve, et des yeux noisette, soulignés avec force, par un kohl noir brillant, des yeux de courtisane. La femme me regarde en premier, avec un sourire énigmatique. De sa voix douce, elle nous propose d'entrer à l'intérieur. Un monde de rêve, une jolie maison, un riad, avec un patio, un oranger trône au milieu de la cour/jardin, et parfume les couloirs, des canapés marocains, aux mille couleurs, invitent à la détente, je vois de nombreuses portes de chambres fermées, en haut et en bas. Je perçois, venant de nulle part, des rires de femmes, de source inconnue… Il m'a fallu quelques visites pour comprendre que l'*hajja* dirige une maison close, la dernière de nos jours. Mes souvenirs de littérature sont remontés : j'étais au *Chabanais*[1], mais celui de Marrakech.

---

[1] *Le Chabanais*, situé au n° 12 rue Chabanais, dans le IIe arrondissement de Paris, était l'une des maisons closes les plus connues et les plus luxueuses de Paris, entre 1878 et 1946, date à laquelle elles devinrent illégales en France.

De là, notre relation extraordinaire, avec l'*hajja*, débute. C'est une amie, une mère, une maîtresse, dans l'art de manier un homme. Elle m'a tout appris, je la regarde faire, elle gère une dizaine de femmes jeunes, jolies et dociles. Elles pratiquent leur travail avec sourire et légèreté. C'est mon havre de paix et un temple de sensualité exacerbée. Toutes les filles se maquillent ensemble, habillées de caftans moulants ou transparents. Je savoure, je suis exaltée par la liberté et de la beauté de ces femmes. La plupart ont choisi ce métier par envie, un coup de pied à ces gens qui pensent que l'on se prostitue par nécessité. J'ai pris l'habitude de venir voir l'*hajja* et passe mon temps libre à regarder ces béguines, intensément. Je suis la fille que l'*hajja* n'a pas eue.

Même après mon départ pour la France, à chaque fois que je suis à Marrakech, je tiens à voir cette maîtresse-femme, la femme de ma vie. Je l'aime et je ressens beaucoup d'admiration pour elle. Elle a fait de son existence ce qu'elle voulait, comme elle voulait, en toute liberté, en toute indépendance.

Nous arrivons au village d'Ain Asrdoun. Je n'ai pas besoin de boussole pour m'y rendre. Je connais bien la route. Mieux qu'un GPS ! À notre arrivée, nous retrouvons les deux femmes, elles sont là, avec deux petits sacs, un *dejleba* et *nikab*, je ne vois rien à part des silhouettes et des yeux gourmands… La vie !

L'*hajja* a échangé avec elles très longtemps, moi je réponds à mes messages. À un moment, elles débarquent dans la voiture et l'*hajja* me fait signe de partir. Quelques kilomètres plus tard, je vois dans le rétroviseur le mouvement en douceur des deux femmes. Elles commencent leur métamorphose physique. Elles ont enlevé les *dejelbas*, ôté le *nikabe*, et relâché leurs cheveux longs et soyeux. La magie opère, une blanche porcelaine et une brune flamboyante, je suis bouleversée, tout semble irréel, et pourtant, maintenant j'entends leur voix. L'*hajja* me fait un clin d'œil de satisfaction et de contentement. J'ai demandé leur prénom, Latifa et Hajjar, la trentaine. Une vient de divorcer, l'autre ne supportait plus sa belle-mère et la dureté de son père. Des histoires poignantes et en même temps banales dans notre société.

Un jour, j'ai accompagné l'*hajja* pour une « mission secrète ». Après un long voyage, nous arrivons à Ain Asrdoun. Jusque-là, elle m'avait appris beaucoup de choses sur les hommes, mais surtout, elle voulait que je sois une femme forte. Elle m'avait dit, un jour : « Là où tu mets ton cœur, mets ton cerveau avec, les deux sont mieux ensemble ! » Cela m'a toujours réussi, même si ce fut pénible et laborieux, jusqu'à ce jour, où j'ai mis mon cœur, à l'isolement.

Je l'ai invitée une fois pour visiter ma maison, elle était très heureuse que j'aie quelque chose à moi. J'ai vu la fierté dans ses yeux de la femme que je suis, elle m'a prise dans ses bras, sans aucun mot, mais tout l'amour du monde était dans ce moment-là. Elle a accepté mes choix. Femme sans enfant comme moi, elle me comprend, elle me soutient, elle m'apprend. Elle tiendra le rôle de la femme de l'ombre dans ma vie. Mon quotidien est fait de lumière et d'ombre. Je ne voulais pas avoir de regrets, j'ai dévoré la vie, j'ai toujours senti l'urgence de vivre pleinement, je me suis toujours sentie célibataire, libre.

Jamais je n'ai eu l'impression d'être en couple, tout a été différent avec Mathias. Il est ma famille, mais pas mon homme. Je crois que nous étions faits pour tout, sauf être mari et femme. Il y a des choses comme cela dans la vie. Avec toute la volonté du monde, on rate son coup. Notre couple était formidable, mais pas viable sur le long terme. Nous avons passé des années merveilleuses, et un jour il a fallu que cela cesse. Chacun de nous deux avait évolué différemment. Autour de moi, dès que je parle de cela, les gens disent que c'est la différence d'âge. Je trouve cela un peu facile comme conclusion. Mais je pense que c'est absolument, faux. L'âge n'a rien à voir, cela ne nous a jamais touchés. Mathias est ouvert, il est bien plus jeune dans sa tête et dans son cœur que des personnes juvéniles qui m'entourent. Nous étions en symbiose totale, mais nous avons évolué différemment jusqu'à nous éloigner. Nous n'avions pas grand-chose à partager, je crois que c'est moi qui suis difficile à suivre. Selon moi, je pense qu'il n'est pas évident pour un homme d'accepter ce que je suis, qui je suis et comment je suis. Ma force m'épuise et envahit l'autre. Je m'ennuie vite et j'aime l'aventure. Je crois que je ne suis pas faite pour une vie de couple, la monotonie et les habitudes, ce n'est pas trop mon truc. Parfois, je me dis que ma vie serait plus simple à vivre si j'étais comme tout le monde.

Mathias assure l'intégralité de ma vie matérielle. J'ai une vie confortable, je me plais à Paris dans une existence privilégiée. Nous allons au théâtre, je visite des expositions, je suis toujours en mouvement et mon agenda est plein. Pour quelqu'un qui ne travaille pas, je suis débordée par les surprises de Mathias, mes voyages et mes emplettes… Je suis en vacances perpétuelles, je trouve que cette liberté de n'avoir aucune obligation, et en même temps un quotidien chargé, c'est le summum du bonheur.

Ma vie est faite de rencontres, des personnes y entrent, tandis que d'autres en sortent, mais il y a des gens qui restent à jamais dans mon histoire ou bien dans mon cœur. Je m'épanouis au contact de l'autre, le partage est essentiel à mon bonheur. Quand je partage un moment, une émotion ou une découverte avec l'autre, je suis doublement heureuse, je crois que ça vient de mon environnement et de ma culture. Je viens d'une famille nombreuse, tout était à partager entre nous, alors j'ai l'habitude et l'envie perpétuelle de vouloir tout répartir.

Dans mes deux vies distinctes, à Marrakech, je peux m'exhiber en femme marocaine. Parfois quand je me rends au souk pour quelques emplettes, je suis en mode traditionnel, même mon arabe est différent, je discute avec tout le monde, je rigole, je négocie, maintenant j'ai même mes copines, rencontrées ici et là, chez différentes personnes. Eux ne peuvent imaginer que je vis à Paris, que je porte des mini-jupes.

À Paris, je fais la Parisienne, j'adore m'habiller, me maquiller et même mes mots sont choisis.

Je me sens chez moi dans les deux cultures, il y a deux femmes en moi, différentes, mais aussi tellement proches.

Depuis que je suis gamine, j'écris de petites histoires. Souvent, j'évoque une femme qui s'envole d'un pays à l'autre. Dans mes rêves, je me vois voler au-dessus de tout : une sensation extraordinaire ! J'ai aussi une capacité que je trouve folle : dans mes songes, je suis la femme de n'importe quel homme que j'apprécie dans la vie réelle. Dans mes rêves, je suis la femme de Barack Obama, de Laurent Delahousse… Franchement, agréable et plaisant !

Comme ma vie a commencé, bizarrement, avec les hommes, j'ai eu la chance de ne pas avoir de complications psychologiques ou de séquelles résiduelles. Ma relation avec les hommes fut très normale, je suis très exigeante et j'aime les hommes qui le sont tout autant. L'homme qui cherche une « femelle », ce n'est pas ma tasse de thé. J'ai connu de nombreux partenaires, j'en ai plutôt un bon souvenir, mais je n'ai que rarement été très marquée.

Dans mes relations, je suis différente à chaque fois, je ne me sens jamais la même femme avec les hommes que je rencontre.

Le premier, avec lequel je me suis sentie moi-même : mon *habiby*.

C'est l'histoire du cadenas que ma grand-mère me racontait quand j'étais toute jeune : les hommes et les femmes sont des clés et des cadenas, et il n'y a qu'une seule clé qui ouvre « ce » cadenas.

Parfois, on a une clé qui entre dans la serrure, mais elle n'arrive pas à ouvrir. C'est cela l'amour, quelques fois, on a même l'impression que c'est l'amour. Erreur ! Ce n'est qu'une illusion, un mirage.

L'amour c'est l'évidence, l'absolu. Je l'ai rencontré, je l'ai vécu, je l'ai goûté avec gourmandise, je l'ai savouré… Mais il n'empêche trop souvent, son arrière-goût est fade, voire insipide.

Dans notre travail, je fais de multiples rencontres, j'aime le contact, j'adore l'échange et j'aime par-dessus tout l'effet dans les yeux de l'autre, quand il découvre la femme que je suis, à travers nos échanges. Je suis une séductrice dans l'âme, je me retrouve heureuse de plaire, de séduire. Je ne suis pas une grande amoureuse, j'ai même du mal avec l'amour. J'adore l'idée de plaire, charmer un homme, surtout si au départ je découvre qu'il n'est pas intéressé. Dès que je perçois, à ce moment, une forme d'indifférence, que je sens un homme discret, silencieux dans un groupe, j'aime les défis, j'aime me prouver que je suis la meilleure… Parfois, je me demande si je ne devrais pas en parler à un psychologue. D'où ce comportement peut-il venir ?

Avec les hommes, ma manière de faire ? Marcher toujours ! Aller au contact ! Je suis sollicitée par de très nombreuses amies, toutes celles qui travaillent avec nous, me demandent des conseils. Je ne suis pas la plus belle de l'équipe, mais je crois bien disposer d'autres arguments. Il convient de savoir travailler avec les moyens du bord, je sais faire.

À cette époque, j'ai eu beaucoup d'aventures internationales, mais des aventures intellectuelles, rien de physique. Je suis vierge et je tiens à le rester, ce sera le cadeau pour l'homme de ma vie, en marocain, on nomme, ainsi, celui qui sera mon mari. Par la suite, Mathias a trouvé là un cadeau empoisonné. Il sera déçu lorsqu'il découvrira, avec mes vingt-quatre ans, que je suis vierge. Il ne s'attendait guère à ce que je sois encore « intacte » à mon âge. Cela lui donnera du travail lors de notre nuit de noces. Pour moi, une sorte de déception au moment du mariage, mais cela ne sera pas la seule.

Mathias, je l'ai rencontré dans un hôtel où j'avais commencé un travail d'été comme animatrice, il était accompagné d'une belle femme blonde aux yeux bleus. Avec elle nous avons beaucoup discuté, je l'ai appréciée. Dans mon enthousiasme, je lui ai même conseillé de faire attention aux filles de l'hôtel. En effet, la plupart d'entre elles étaient sous le charme de Mathias. J'étais à mille années-lumière de penser que je serai, moi, la sirène du désert, son démon de midi. Mathias et sa femme avaient la quarantaine. Qui eût pu penser que…

C'est le seul homme à qui je n'ai pas fait de charme, mais je l'admirais beaucoup. C'était un VIP, dans l'hôtel. Tout le monde connaissait son statut. Haut fonctionnaire au ministère de l'Intérieur, de la République française, c'était un bel homme, grand et blond, avec des cheveux soyeux, une élégance remarquable, une façon de parler d'une voix grave. J'aime les hommes avec une voix chaude, et une démarche assurée, mais je n'ai rien fait pour le séduire. Je crois, lorsque je suis sous le charme d'un homme, et plus si affinités, préférer ranger mon artillerie.

Tout de suite, j'ai su que je ne le laissais pas indifférent.

Oui, je suis une femme libre, mais raisonnable et sage (par moments) certaines personnes font l'amalgame, entre femme libre et frivole. D'autres, dès que l'on parle de liberté, pensent à la sexualité, cette ambiguïté est forte. À ma mémoire me revient une très belle citation de Simone de Beauvoir : « Une femme libre est exactement le contraire d'une femme légère ». Tout est dit, la liberté, à mon sens, c'est un état d'esprit. Nos choix de vie procèdent de nos envies, tandis que nos peurs et nos obligations procèdent du climat social, politique et religieux d'une époque. Pourquoi faire comme tout le monde, quand on peut être soi-même ? Pourquoi est-il si difficile de se sentir libre ? Tout est codifié, tout est soumis à des lois et des interdits. Vivre revient à passer entre les gouttes, on a l'impression qu'on essaie de franchir divers écueils. C'est là que réside ma façon, très personnelle, de voir la religion. Les regards du grand nombre sont étriqués, je pense que Dieu a bien fait les choses, et que l'homme a tout bousillé.

J'ai la chance de vivre entre la France et le Maroc. Les voyages, comme les rencontres, élargissent les esprits. Je pense que nous devons tout faire pour penser par nous-mêmes, et disposer d'un esprit critique. Voir les choses autrement, illumine nos pensées. Certains d'entre nous n'ont aucune envie de penser, c'est plus confortable. Ils disent « Amen ! » à tout et à tous… Parfois même, aux plus loufoques Grave !

Avec mes lectures, un autre secteur m'occupe énormément : mes recherches sur Dieu. Je crois plus encore en lui. Je le vois encore plus proche de mon cœur, je ne suis plus dans l'esprit de châtiment, qu'on veut me l'imposer. Mon Dieu ne me fait pas peur. Je l'aime, il ne regarde pas tous mes faits, de là-haut… Il est à l'intérieur de moi, dans mon cœur et dans mon âme. Il y a des valeurs qui sont universelles, des valeurs ou des concepts, largement répandus. Tout le monde souhaite le respect, la tolérance, la bienveillance et la liberté. Pouvoir choisir la vie dont on rêve. Une envie de vivre à notre manière, elle sera différente et propre à chacun, mais le bonheur d'avoir la possibilité de mener la vie que l'on veut est, à mes yeux, la garantie d'une sorte de bonheur absolu.

Du côté des filles, comme Maria, hôtesse comme moi, chacune a suivi son histoire pour atteindre ce job. Si elles sont là, c'est peut-être pour le même travail, mais pas forcément pour le même objectif. Certaines cherchent un mari, une aventure, ou tentent de profiter de soirées tardives, sous couvert de

« travail »… Nous n'avions pas les mêmes désirs, avec Maria, nous voulions gagner de l'argent, améliorer notre français, nous imprégner de ces codes sociaux. Ces années de découverte et de formation, à Marrakech, me rappellent le mythe des sirènes qui séduisaient les navigateurs, ils plongeaient dans les flots, et perdaient la vie à cause de ces chants maléfiques… Les filles, de mon enfance et de mon adolescence, sont les sirènes du désert. Belles, entreprenantes, elles sont dotées d'un certain savoir-faire avec les hommes. Elles ne sont limitées, ni par leur âge ni par leurs origines, ce qui leur donne une grande liberté. Les hommes se sentent flattés, quand une jeune et jolie fille, dans la vingtaine, lui fait des yeux doux, qu'il soit célibataire ou en couple. De ce fait, il se sent désiré, valorisé. Le résultat est souvent rude : les hommes, qui viennent à Marrakech, sont des amoureux, des femmes, ou de Marrakech. La plupart du temps, les couples explosent en plein vol, car l'homme ne peut guère résister à cette tentation extrême. Bien évidemment, il y a des épisodes amoureux, mais il y a aussi une sorte de misère émotionnelle et affective. Certains couples sont des sortes de caricatures de l'ordre dominant. Que dire d'un homme, de soixante-quinze ans, qui se promène, avec une jolie jeune femme, de vingt ans, qui lui tient, amoureusement, le bras ? Le commencement et le début de la fin…

Rien ne permet à une femme de chez moi de ne pas penser qu'elle pourrait échouer à séduire un homme. Quand elle décide que celui-ci sera le sien, elle devient une machine de guerre, elle ne pense qu'à réussir. C'est ancré en elle. J'ai de très nombreux amis français, installés à Marrakech, qui avaient juré de ne jamais tomber dans le panneau ! Maintenant, ils sont bien mariés avec des Marocaines, ils ont des enfants, les choses se passent bien, ils ont la vie dont ils ont, finalement, rêvé. Je pense aussi que la femme est éduquée pour être une bonne épouse et être aux petits soins avec son amoureux. Majoritairement, les choses fonctionnent bien, car un homme, quelle que soit sa religion, ou sa culture, veut d'abord que sa femme soit attentionnée, bienveillante et toujours « prête » pour une partie de jeux intimes. Nous, femmes marocaines, sommes tout cela. Bien loin, du féminisme en vogue, actuellement, en Europe et de nombre de revendications égalitaires ! Elles ont tout faux, dans ce registre.

J'ai toujours pensé que nous n'étions pas « programmées » pour être égales à l'homme, mais complémentaires.

Vivre passionnément, la différence avec l'autre, cela fabrique son identité et son charme à la fois.

Dans les autres pays arabes, dès que l'on parle de la femme marocaine, on évoque des pouvoirs magiques pour attirer les hommes. Ces gens n'ont pas compris que, certes, elles ont usé de la magie, mais pas celle à laquelle on pense. La leur réside ailleurs, dans les cœurs et les esprits. Une femme marocaine, quand elle aime un homme, son amour le transforme en son dieu… Alors, il est l'unique amour de sa vie !

Mon union avec Mathias a été un moment de rêve. Un mariage somptueux, digne d'une princesse des mille et une nuits… Moment de joie profonde ! Après, j'ai connu une sorte de rupture… Au début, la vie à Paris était très difficile. Avant cette cérémonie, je vivais, heureuse, dans une maison, au sein d'une famille nombreuse… À Paris, je suis seule dans un appartement. Je passe mes journées à me faire belle et à m'habiller… pour nulle part ! Pour personne !

Mathias travaille beaucoup, il œuvre à la Préfecture de police. Il part à 7h00 du matin et rentre tard le soir. Je tente de sortir dans le quartier, pour me familiariser avec l'endroit, je lis beaucoup aussi, mais les journées sont bien longues.

Cela m'aide à m'évader. Honnêtement, ce n'est pas le début de vie commune, que j'espérais. Je suis horriblement déçue, désabusée, je me meus dans une solitude, qui me grignote, petit à petit. Ma vie est décevante, j'avais rêvé, c'était enchanteur. Je voulais vivre dans le soleil, je m'étiole dans le gris et le train-train quotidien. Mathias est silencieux et introverti, mutique ! J'ai beaucoup de mal à le cerner. Nous nous sommes mariés, six mois après notre rencontre. Pendant ce semestre, nous nous sommes vus trois semaines, tout allait vite. De son côté, il était très amoureux, du mien, j'avais beaucoup d'admiration, d'émerveillement, et d'amour, comme il se doit.

Le jour, où il a demandé ma main, j'étais très fière et si heureuse.

J'étais complètement amoureuse de lui, il était tout ce dont une femme peut rêver chez un homme. En même temps, mes nombreuses lectures m'avaient mise en garde vis-à-vis du mariage et de ses mythes. J'ai toujours observé, mais de loin, les effets du temps et l'évolution du désir. J'ai lu tant de livres évoquant des amours déclinantes et tristes… J'ai toujours pensé que le mariage est un projet foireux. La grande difficulté que j'ai rencontrée. Le poids de la société et de la culture. Chez moi, on ne vit pas avec un homme sans être mariée, dans la pure tradition islamique. Tenter de garder le goût du désir et une part de mystère, toute sa vie avec l'autre, impossible. On peut toujours s'arranger avec la vérité, mais telle une tache indélébile, elle revient à l'envi. L'amour se dissout et disparaît dans une vie grise et terne. Le feu se meurt.

À Paris, j'avais droit à un chauffeur, et une automobile, pour mes déplacements. Les endroits, que je ne connaissais pas, étaient très nombreux. Par la suite, les taxis et les *Uber* ont pris le relais.

Petit à petit, je m'habitue à une certaine solitude. J'effectue, toute seule, la plupart des choses qui sont mon quotidien. Mon mari est très pris par son travail, j'assume. En même temps, j'apprends, un peu par hasard, que son ex-épouse le harcèle de courriers. Elle en profite, pour lui dire tout le « bien » qu'elle pense de moi. C'est de bonne guerre, mais tout de même.

Elle insiste, lourdement, pour lui faire savoir que si je l'ai épousée, c'est pour obtenir des papiers…

Un peu lassé, mais toujours élégant, il lui répond d'une phrase légendaire qui restera dans ma mémoire : *« Les histoires d'amour, c'est un pari sur l'avenir, y compris la nôtre ».* Je me répétais souvent ces mots restant dans mon esprit. Je suis d'accord, oui, les histoires d'amour c'est un défi, un challenge…

J'aime sa répartie, son intelligence et son calme olympien. Souvent, je suis assez impulsive et mon impatience, lui c'est le Dalaï-Lama.

Nous sommes ensemble depuis vingt ans, c'est sa plus longue histoire d'amour.

Pendant les vacances de Mathias, nous vivons une sorte de songe. Nous voyageons et fréquentons les plus beaux endroits d'Europe. Si nous passons par le Maroc, nous nous arrêtons dans les plus beaux hôtels. Une vie de rêve.

Je suis descendue, avec lui, dans la suite VIP de l'hôtel où j'avais travaillé comme animatrice. À présent, je suis une cliente importante, je m'amuse de faire sensation, devant le personnel de l'hôtel. Certains membres du personnel, qui sont des admirateurs de mon parcours, voire des envieux, me traitent de « salope ». À leurs yeux, c'est une insulte, alors que pour moi ce n'en est pas une. Pour ma part, je trouve ce mot attendrissant, très attirant, excitant.

Je sais, c'est bizarre, mais j'aime ce mot !

Mon esprit est dénué de toute vulgarité, un sentiment qui m'est inconnu. Je considère qu'on peut tout dire en restant élégant. Pour moi, cela ne me demande aucun effort particulier. J'adore cela !

Jean-Christophe

C'est à partir de toi que j'ai dit oui au monde…
Paul Éluard

J'ai rendez-vous avec Jean-Christophe, je suis en ébullition depuis hier déjà, la nuit a été courte, nous partons, quelques jours, pour le Sud. Je frissonne de bonheur, je souris toute seule, je suis parcourue par des sursauts d'adrénaline. Je chante, je m'agite en cadence, je fais de la danse orientale, ma petite valise est prête. Je ne sais comment la fermer… Pas question de ne pas prendre ceci ou cela… Je prends le parti de m'asseoir sur mon bagage, et je tente de le boucler. J'emporte mes porte-jarretelles, mes plus beaux dessous, mes gants et d'autres articles de joie et de plaisirs. Il y a mes couleurs préférées : le noir et le rouge. Jean-Christophe, lui aussi, aime ces couleurs, on les voit, immédiatement, dans ses photos. Il est le meilleur photographe du glamour, *fine art* et du sensuel. Je ne dis pas cela parce que c'est mon *habiby*, c'est, simplement, la vérité. Je fais la différence entre les deux, mon *habiby* et le photographe. Je suis une fan totale, de son travail. J'ai attendu, un long moment, avant de me décider à aller voir ses photos sur internet, ou *Instagram*. Je voulais me faire ma propre idée sur son art. Être l'amoureuse d'un artiste, nécessite de se sentir en confiance, et être dénuée de toute forme de jalousie. Il fréquente des créatures de rêve, des filles magnifiques, qui ont des corps de déesse, pour des photos de nus artistiques. Il les embellit davantage, les sublime… je suis amoureuse d'un grand artiste. La cause est entendue.

De toute façon, pour moi c'est gagné. J'ai une règle dans la vie, je ne me sens jalouse d'aucune femme, il y en a toujours une qui sera plus belle, plus jeune, plus coquine… Mais ce que je suis, ce que je peux partager avec l'autre, celui que j'aime, personne ne l'a.

C'est pourquoi tout se passe bien avec lui. Nous pouvons parler de son travail pendant des heures, c'est toujours intéressant.

Une fois, nous allons au Château de Versailles, pour la « soirée des lumières », au mois de juillet. C'est l'idée de Jean-Christophe, il voudrait que je fusse, le temps d'une soirée, la reine du palais du Roi-Soleil.

Arrivés dans le parc royal de Versailles, il me prend en photo dans tous les recoins de cet endroit magique et hors-norme, dans tous les sens du mot.

Un des signes du bonheur de *habiby*, quand il a envie de faire des photos de moi. Sur un des clichés, je suis tout en haut du jardin majestueux du parc, de dos. On dirait que je règne sur ces lieux, qui illustrent la gloire et la grandeur de la France.

J'ai beaucoup voyagé, et je sais que nombre de personnes, ne se rendent pas compte de la chance que nous avons de vivre en France.

Son histoire et ses monuments témoignent d'un passé victorieux, procédant de la beauté de notre pays, cher à mon cœur.

Nos voyages, avec mon compagnon, ont presque toujours un thème. Parfois, nous sommes des amants, alors, nous nous aimons, et nous nous prenons à tour de rôle, dans un désir infini et exaltant. Ce soir-là, à Versailles, nous avons le diable au corps, le cœur plein de passions… Si nous allons au ski, nous sommes sous le charme et la force de la montagne. C'est en France, que je découvre pour la première fois de ma vie, les montagnes et des paysages enneigés. Pour moi, c'était une expérience extraordinaire. Ces périples lui donnent le sentiment d'être dans sa seconde maison. Mon compagnon ne veut rien posséder, mais il se sent propriétaire de tout espace où il passe. Dans la montagne, il est chez lui.

Nous ne faisions pas l'amour, en corps à corps. Nous le faisions à travers nos découvertes, nos moments, mon apprentissage de cet univers. Une sublimation totale.

Je suis bouleversée par ces espaces immenses, porteurs d'un blanc immaculé. Je suis comme sa fille, à ce moment-là. Il m'enseigne, il m'initie à sa passion, à sa force qu'il absorbe des sommets et des paysages.

Notre voyage au sud, vers la mer. Nous sommes deux enfants, nos jeux, nos sourires et nos larmes en témoignent.

Nous vivons tout avec intensité et plaisir.

Nous ne sommes pas des amoureux, je trouve ce mot terriblement réducteur de notre état.

Peut-être des âmes sœurs ou des flammes jumelles.

Oui, nous sommes dans une période d'éloignement, mais nous savons tous les deux que ce n'est pas fini, absolument pas. Notre histoire est un phénix.

Là, il faut que je me dépêche, j'ai Mathias au téléphone, je lui dis que je pars quelques jours, pour le Sud. Nous avons coutume, depuis quelque temps, d'aller ici ou là, comme cela nous chante. Chacun d'entre nous part de son côté, de temps en temps. Cela nous convient à tous les deux. On peut en penser ce que l'on veut, mais ces « pauses » nous offrent la possibilité d'effectuer un break. Nous nous arrêtons, nous réfléchissons, nous nous adaptons.

Mon taxi est là, je descends, et dans l'ascenseur, je me trouve nez à nez, avec le voisin, il me regarde fixement et me complimente sur mon parfum. Il faut dire que je mets un parfum rare, c'est une partie de mon identité, je porte l'*Incendiaire* de Serge Lutens, un parfumeur, hier, à la mode. C'est dans les années soixante qu'il crée son premier parfum, *Féminité du Bois*. Pour ce faire, il a sélectionné les meilleures essences de bois, avec des ingrédients orientaux de chez moi. Des fragrances puissantes, intenses, qui ne cherchent pas à plaire à tout le monde. De fait, tout ce que j'aime. De plus, je suis persuadée de le porter merveilleusement bien, il semble se marier à ce que je suis, à ma peau, à mon être. Jean-Christophe adore, nous avons un parfum à nos deux « fils de joie ».

Il m'attend à la Gare de Lyon, il m'a baptisée *Habiba*, ce qui veut dire « mon amour », en arabe et en même temps, c'est un prénom de là-bas, qui veut dire la « bien aimée », j'adore quand il m'appelle de la sorte, avec sa douceur et son accent arabe.

Je cours vers lui, nous nous enlaçons, nous nous embrassons langoureusement. Dans ses bras et entre ses lèvres, je retrouve ma demeure. Avec lui, tout est fluide. Nous ne nous sommes pas vus depuis quelques mois. Notre complicité revient immédiatement, nos yeux brillent, nos sourires sont radieux, nous sommes comme deux enfants, qui se sont retrouvés pour une récréation. Je sais qu'il me faut cinq minutes pour parler après que mes yeux l'ont vu se diriger vers moi, une voix en moi dit : « Sainte-Mère, il a toujours tellement d'allure, j'ai envie de crier dans la gare ! ». Cet homme est le mien, je lui appartiens, infiniment et éternellement. Tout en moi est en ébullition. Nous sommes dans le train. Il veut dormir un peu, je veux le regarder, beaucoup. Je m'assoupis. Dans mon sommeil, je sens ses lèvres sur ma joue, mes yeux, mon cou, j'ouvre les yeux et le regarde, et je souris, il susurre dans mon oreille : « Je vous aime Habiba… ». C'est la première fois qu'il me fait une déclaration d'amour. Jusque-là, je le sentais hésitant, parcimonieux. Je suis avec quelqu'un d'autre, mais notre histoire est notre destin.

J'ai les larmes aux yeux, l'émotion m'enveloppe, me submerge. Je perds certains de mes repères à cet instant, je suis bouleversée, ivre. C'est merveilleux, je m'approche de lui. Mes lèvres, entrouvertes, effleurent les siennes. Je le regarde, je sens que mes sentiments et mes tripes remontent. « Je suis éperdument éprise de vous ».

Oui, avec *Habiby* nous nous voussoyons.

Tous les deux, nous goûtons cette manière de parler. C'est très romanesque et tellement poétique.

Un jour, je me casse la cheville : une fracture bimalléolaire, je rentre en urgence, en France, pour y subir une opération. Nous sommes quelques semaines après notre rencontre, moi je suis anéantie. C'est le début de l'été, tout mon programme vient de tomber à l'eau. Il ne rompt pas le fil, il me demande des nouvelles par texto, comme je l'ai déjà dit, il est en Australie, pour un périple de découverte. Je lui raconte ma mésaventure, avec beaucoup de tristesse, il me dit une seule chose : « *On a fait des acrobaties,* Habiba *!* » Sa réponse me fait rire toute la journée, après une semaine de larmes. Cette rupture entre ma famille, qui pleure ma douleur, bruyamment, et sa légèreté, lui donne beaucoup de charme.

Il est mi-ange, mi-démon, je le vois de la sorte, car il peut être extrêmement doux, joyeux, captivant, aimant, et bavard… À un autre moment, il sera dur, impitoyable, sombre, silencieux… C'est un adepte des montagnes russes. Il peut m'expédier au septième ciel, de bonheur, et tout de suite après, me plonger dans les profondeurs de la terre… Tristesse ! Je vis une aventure intense, lumineuse, bouleversante, intrigante. Aucun de nous deux ne savait où cette histoire nous mènerait, mais nous avons une force absolue pour continuer d'y aller. C'est notre *maktoub*. Il est celui qui me connaît le plus, et le mieux. Parce que c'est un homme de dialogue, il a su se raconter, se livrer. Il est mon *habiby*. Nous pouvons parler des heures et des jours, sans ennui ni lassitude. C'est, quelque part, pour nous, une autre façon de faire l'amour, de découvrir l'intimité de l'autre, son âme, son esprit. Nous savourons nos histoires, nos souvenirs, nos secrets, nos vérités. Un verre de vin à la main, parfois, nous jouons d'autres personnages pour nous dire des choses, que nous n'arrivons pas à verbaliser. Au début de notre histoire, j'avais cette idée, cette envie, mais je n'osais pas lui en faire part. Un jour, cette possibilité arrive dans une conversation. Au départ, c'est mon idée, et il est partant. J'aime son adhésion, tout ce qui fait écho en moi et me rend heureuse. Je suis toujours partante. Avec mon *habiby*, nous nous connaissons bien, tout en maintenant une part de mystère, entre nous. Il s'agit là, sans doute, de ce qui a donné l'élan à notre histoire, c'est devenu un moteur nous permettant tous les deux de nous découvrir l'un l'autre, chaque fois un peu plus.

Mon *habiby*, je lui permets d'entrer chez moi, dans ce que j'ai de plus secret en moi.

Je ne suis pas une femme qui pleure les hommes. Les histoires d'amour sont, pour moi, des choses parmi d'autres. Jouir de la vie n'est pas une donnée essentielle, j'ai besoin d'avancer, encore, et toujours. Avec mon *habiby*, je me suis donné la permission de m'égarer, un peu, dans le chemin des émotions, des sensations intenses et absolues.

Lors de notre rencontre, j'étais prête à vivre autre chose, à emprunter d'autres chemins du destin. Je mène une vie de femme d'affaires, où j'ai réalisé les rêves de mes vingt ans. J'ai une villa, avec piscine, deux voitures et un homme, éperdument amoureux de moi. Ma vie est confortable et enchantée. Jusqu'à présent, j'ai toujours été heureuse de vivre. Malgré nombre de difficultés, je suis toujours parée de mon sourire. Je crois que c'est une prédisposition familiale, j'appartiens à une famille joyeuse.

Notre famille est d'origine chérifienne, ce sont les descendants du prophète Mohamed, nous étions très respectés dans notre quartier.

Nous sommes de la même lignée que celle du roi Mohamed VI, que ma famille et moi aimons beaucoup. Nous avons le sens de la famille. Notre nom, Alaoui, affiche celui d'appartenir à la famille royale. Je sais que nous en sommes loin et sans la richesse financière qui va avec. Nous sommes très fiers de nos origines nobles et pures, c'est pourquoi dans nos supplications ou prières, nous intégrons notre roi et sa famille, pour que Dieu le protège, Dieu le garde. Nous sommes de fervents supporters de la monarchie. On peut toujours critiquer, mais par rapport aux pays voisins, on voit que notre roi a fait quelque chose de tout à fait remarquable de notre pays. Au Maroc, il n'y a ni gaz ni pétrole. C'est grâce à mes voyages que j'ai réussi à prendre conscience de ces éléments. Parfois, on pense que l'herbe est plus verte ailleurs. Mais il convient de bien regarder tout autour de soi, avant. Là où nous avons grandi.

Il y a deux catégories de personnes : ceux qui sont doués pour voir la beauté, et d'autres qui sont nés avec.

Peut-être est-ce là une des clés de son travail, de photographe de mode, travaillant entre Paris et Marrakech. De ce fait, il fréquente les plus belles femmes de la capitale, et côtoie celles, qui sont les plus sexy, à Marrakech. Avec les femmes, il a une facilité désarmante, un discours aux antipodes des hommes que les femmes connaissent, il est cultivé, doux, tolérant, attentif, attentionné, sincère, intelligent… Cette intelligence de l'être, devenue rare de nos jours. On peut discuter avec lui, toute une nuit, sans s'ennuyer… et, surtout, il n'aime pas le football.

Nec plus ultra, son amour pour le cunnilingus ne laisse aucune femme indifférente à son charme.

Il a une facilité pour séduire, inouïe, comme moi, il est très séducteur, et comme moi, encore, il s'ennuie vite.

Notre histoire s'apparente davantage à des montagnes russes. Nous sommes loin d'un long fleuve tranquille. J'adore cela, et en même temps, cela m'épuise. Avec le temps, je réalise comme ce feu m'aide à vivre, près de lui, je me sens toujours vivante.

Je ne me souviens pas à quoi ressemblait ma vie avant lui, j'ai l'impression qu'il a, toujours, été là. Pourtant, je pense pouvoir dire que ma vie était extraordinaire, avec ou sans lui. J'ai tout fait, et j'ai tout vécu et j'en redemande, car je suis toujours partante pour de nouvelles aventures, je ne me sens jamais blasée, je suis toujours émerveillée, dans le cours de ma vie, sur les plus petits détails du quotidien, un rayon de soleil qui se dessine sur moi le matin, ou cette petite feuille, qui sort du granit, jusqu'à mon émerveillement, dans une partie fine, dans un hôtel particulier, de Paris XVIe, où la liberté est en overdose, moi la fille de la médina, la musulmane présumée, ou chez moi, toutes les lois sont liberticides pour la femme, mais heureusement que les choses ont changé depuis mon enfance.

Nous nous sommes donné rendez-vous au café *Les Oliviers* à Jem El Fena, à seize heures, je suis en combinaison noire et dentelle moulante, mais loin de toute vulgarité ! C'est un principe chez moi : être élégante et class, je hais la vulgarité, sous toutes ses formes…

J'ai mis mon rouge carmin, c'est mon atout séduction, avec mes escarpins noirs, porte-bonheur.

J'arrive, avec cinq minutes de retard, toujours important pour un rendez-vous galant. Je le vois de loin, en chemise blanche et pantalon, en jean bleu, les cheveux brillent avec les rayons du soleil, mon cœur bat la chamade, mais mon visage exprime confiance et force, j'arbore un *poker face*, c'est un ex qui me l'a dit, et j'aime bien le croire.

Avec Jean-Christophe, nous nous ressemblons beaucoup. Sur certaines choses, nous sommes très différents, mais nous nous complétons. Je l'encourage et le pousse à aller le plus loin possible dans son art. Je suis convaincue qu'il est un grand artiste, à ce titre il doit affronter le monde. Je sais qu'il a du mal à être sur le devant de la scène, mais je connais son talent, la maîtrise de son art, je crois en lui. C'est un maître, dans son registre. C'est un homme, calme et réfléchi, très terre à terre. Il est né sous le signe du Capricorne, un signe de terre, de réflexion. Parfois, un peu trop ! Moi je suis d'un signe de feu, tout le temps partante, impulsive et rêveuse. C'est lui qui me donne un peu de sa sagesse, alors que je suis, très souvent accompagnée de mon grain de folie. Notre couple se distingue par son ouverture d'esprit et notre façon à accueillir l'autre, dans sa différence la plus absolue.

Lui me conseille et m'apaise, il calme mes ardeurs, sur certains sujets. Il est le premier homme dont j'ai suivi les conseils, et l'homme à qui je suis fidèle corps et âme. Cependant, force m'est de constater qu'il ne m'a jamais, perçue comme fidèle. Paradoxe ! La vie est curieuse, le jour où il me l'a dit, j'étais déçue. Jusque-là, je croyais que l'on ressentait ces choses-là. On ne peut jamais se tromper sur quelqu'un qui nous est fidèle. Jean-Christophe a raté le plus important, croire que son amour allait me faire sienne, absolue, d'une façon exclusive. En lui, il y a un côté sombre de sa personnalité, il peut être cynique, insolent et introverti, je crois que ça vient de son histoire, je respecte ces périodes, où il est insupportable. L'amour que je lui porte me donne la force d'accepter ses états d'âme. Pour lui, des moments de totale détresse, pour moi, du chagrin. La femme forte, et déterminée, que je suis, me pousse à vouloir mettre fin à notre histoire. Souvent, je lui écris pour lui annoncer mon renoncement, je veux briser là… À chaque fois, nous revenons, ensemble, sur son initiative. Je sais que pendant notre relation, il vit d'autres aventures, je comprends, je respecte, aussi.

Je voulais qu'il vive sa vie, sans se priver, pas de règles, pas de conditions. Je voulais son amour en pleine liberté, je voulais qu'il me choisît toujours, malgré toutes les tentations énormes de sa vie. Quand il est avec moi, il est présent à 100 %, la seule chose importante, à mes yeux. Parfois, quand il boit un verre de trop, il commence à me raconter ses aventures, les détails, les prénoms… Cela me met, toujours, mal à l'aise, mais je l'écoute en sourire et en silence. Je connais toutes ses « ex », toutes leurs histoires, je ne demande rien, mais il aime raconter ses amourettes… Il a, toujours, des contacts avec ces filles, c'est important pour lui, incompréhensible, pour moi. Il est fort heureux que je ne sois pas jalouse.

Moi, mes « ex », quand c'est fini, c'est fini. C'est une règle immuable de ma vie. Moi, je prends ces gens pour des chapitres, à un moment donné, je passe à autre chose, complètement et totalement. Je prends mon vol, pour vivre de nouvelles aventures. La seule fois où j'ai dérogé à cette règle, c'est pour mon *habiby*. Je savais qu'il reviendrait, même si je ne l'attendais pas, je ne l'attends plus.

Nos rendez-vous sont une source de bonheur inouï pour moi, tout en moi est en émoi. Une semaine avant nos retrouvailles, je frissonne, je m'enflamme, je chante et je danse. Tous les bonheurs du monde trouvent leur place dans mon cœur et dans mon corps. Je ne fais rien à moitié, c'est l'occasion d'honorer ma féminité, je savoure les heures et les jours, avant de le voir. J'ai eu une chance folle, le premier homme qui m'a vue en costume d'Eve m'avait dit que j'avais un corps de déesse, et cela m'est resté, jusqu'à maintenant. Je mets en valeur *la part divine*, que je porte en moi, un sentiment inné. C'est incroyable de me voir si belle, dans ce que je suis. Je crois que tout a joué pour que je sois ainsi, j'ai beaucoup de chance d'être dans cette belle énergie puissante. Je crois aussi que c'est cela qui a séduit mon amant. Je ne suis pas jalouse, je ne me sens en concurrence avec aucune autre femme. La seule bataille, que je mène, est contre moi-même, pour être toujours à la hauteur de l'homme, qui partage un chapitre de ma vie.

Quand nous nous retrouvons, nous sommes empreints de timidité. Nous nous regardons bizarrement, nous ne savons pas quoi dire. Moi, je vibre, je tremble, je suis complètement maladroite, et cet état dure dix minutes, un quart d'heure. Ensuite, nous nous prenons dans les bras, nous nous regardons fixement et longuement, la connexion est immédiate, puissante et les émotions bouillonnent, nous nous embrassons à ce moment-là, tendrement, avec beaucoup de douceur et de légèreté. De force, aussi.

Nous ne nous sommes jamais jetés l'un sur l'autre, même après des mois et des mois de séparation, avec toutes nos ardeurs, nos envies charnelles, notre intellect. Nos âmes ont besoin d'échange, de nos regards, et de nos sourires. C'est pourquoi je ne l'ai jamais considéré comme l'amant d'une femme mariée, ce qu'il est, et qu'il n'oublie jamais de me le faire remarquer. Je crois que lui aussi me considère comme sa femme unique et exclusive, ce sont ces mots à lui, mon *habiby* est un maître des mots et il sait manier le verbe. C'est lui qui m'a donné l'envie d'écrire des mots, de mes maux d'amour. Avec lui, nous utilisons un écrit et un oral soutenus. Nous nous voussoyons, nous ignorons les *noms d'oiseaux*… Nous ne pratiquons guère ce registre. Ces détails me séduisent, me charment, m'obligent à être encore plus exigeante. Dans les choix à venir, en matière d'homme, quand on arrive à un niveau de relation comme la mienne, pour rien au monde, on veut vivre moins. Je crois que je mets toujours la barre très haut pour mes amours, et je crois que c'est la clé de tous les bonheurs que j'ai eus… des histoires précieuses.

Si j'ai beaucoup évoqué l'aspect physique dans mes relations, et son importance, il convient que je me confie sur un autre aspect des choses, qui compte, à mes yeux. Grâce à lui, je suis arrivée à réaliser certains de mes rêves, à être heureuse, et à faire, de ma vie, ce que je voulais.

Je vis des relations extraordinaires avec des hommes, amis, ou amoureux. Cela est dû à la force de ma volonté, à mon exigence vis-à-vis de moi-même, à ma curiosité de vouloir savoir, et apprendre, tout le temps.

Je crois qu'une femme, qui ne veut compter que sur sa beauté, ou son charme, pour réussir sa vie, réalisera, tôt ou tard, que c'est impossible. On peut attirer un homme avec ce qu'il voit de nous, mais on le garde grâce à notre part d'invisible.

Je nourris une sorte de curiosité, qui fait que j'ai toujours voulu être à la hauteur de moi-même, je suis curieuse de tout, je lis, je regarde des documents, je me renseigne sur tout, je veux tout savoir… Si je ne réussis pas toujours, en tout cas, j'essaie !

Je trouve qu'un homme ne peut pas résister à une femme intelligente, pas seulement dans le registre intellectuel, mais dans une intelligence de l'être. Tout le monde sait que notre aspect extérieur est éphémère, il ne faut jamais miser sur des choses qui ne durent pas. Être ambitieuse, vouloir être la meilleure, pas pour l'autre, mais pour soi, fera que l'autre nous viendra, sans problème.

Quand les yeux d'un homme ou d'une femme brillent, c'est qu'il ou elle ressent de l'intérêt pour nos échanges. Quand un homme me complimente sur ma culture, mes idées ou mes connaissances, je me trouve, à ce moment-là, réellement belle, et fière de l'être. Je n'oublie pas que la beauté est relative à chacun.

Je me prépare pour sortir rejoindre Jean-Christophe, je le retrouve, encore et encore, je suis en fête. Je prends soin de mes cheveux, mes mèches sont très blanches, cette fois, cela met beaucoup de lumière sur mon visage. Une ligne de crayon noir pour souligner mes yeux d'amande, un fard à paupières marron pailleté, un rouge à lèvres rose pâle, le tour est joué ! Quelques petits bijoux, ma jupe en cuir, mes cuissardes, une chemise blanche en soie, et quelques gouttes de parfum… et toute la maison est embaumée ! Je me sens prête à l'accueillir. Je prends un chauffeur privé et pendant tout le trajet, j'observe Paris d'un œil neuf, émerveillée. Paris, pour moi, est synonyme de vacances, de loisirs et d'amour. Je sens, pour mon compagnon, une passion exquise, jouissive… Je le vois de loin, chemise bien repassée, pantalon de jeans bien taillé. Dans mon esprit, c'est mon homme, en chemise blanche, sa signature. Ses cheveux sont un peu plus longs, cette fois, son sourire illumine son visage, je descends avec élégance, je me mets à marcher vers lui d'un pas sûr, et le cœur palpitant. Tout mon corps réagit à sa présence, je fais le plus que je peux, pour que cela ne se voie pas trop. J'ai beau faire, certains détails ne lui échappent pas ! Il est l'homme attentif à tout, même trop, par moments.

Il me regarde fixement, il me prend dans ses bras, ma demeure, la seule, la vraie !

Je sens son cœur qui s'emballe, avec le mien, nous vibrons à l'unisson, un soupçon de timidité nous envahit. Je ne lui ai jamais dit l'ensemble de mes sentiments et émotions, ce que je ressens pour sa timidité. Depuis toujours, je trouve cela adorable. La joie de nos retrouvailles nous éblouit. Quelques minutes plus tard, nous sommes en pleine conversation, nous nous parlons comme jamais. Nous avons été éloignés l'un de l'autre, des jours et des mois, une séparation forte. Nous avons été séparés. Mais tout cela s'évanouit et n'existe plus. Nos conversations redeviennent fluides. Nos échanges nous enivrent, comme nos divergences. Jean-Christophe considère, avec une certaine pertinence, qu'il vaut mieux qu'il choisisse nos restaurants, mes choix coutumiers ne sont pas un succès. À table, nous évoquons nos vies, notre famille, sa mère, nos projets, nos secrets. Nous sommes, tous les deux, très émotifs, nous mêlons nos sourires et nos larmes, nous pleurons, souvent, de joie et de tristesse, même dans les restaurants. Une chose, curieuse et bouleversante à la fois, nous sommes vrais sans artifice, sans masque.

La nuit venue, avec lui, je me sens chez moi, n'importe où, que ce soit en appartement, ou en studio. Parfois, il loue quelque chose dans les beaux quartiers, ou dans le Paris, mal famé. Je le sens heureux de me retrouver, excité de me revoir. Je sais qu'il a mis la chemise que je préfère, a ouvert les boutons, pour qu'on voie un peu de sa poitrine, pour moi. Tout est dans les détails. Ses yeux brillent, je sais qu'il est jaloux du regard des hommes sur moi, il a toujours essayé de cacher sa jalousie, je l'ai toujours encouragé à la manifester, car c'est ce que j'aime chez lui. Savoir que je lui appartiens.

Le nuit dans ses bras, je me blottis, on savoure, on se hume, on se touche. Je retrouve son odeur, sa peau. Nous dormons nus, pour que nos corps retrouvent la paix de nos retrouvailles, la mélodie de l'amour, la danse de nos passions. Son goût me manque, il effleure mes lèvres, sa respiration me chatouille les oreilles. Nous partons dans des baisers sensuels, langoureux et pleins de désir. Je sens son ardeur sur ma peau, mon corps frissonne. Dans le monde, il n'y a que lui et moi, à ce moment-là. Nos envies s'expriment, nos corps ne luttent plus, nous nous laissons porter par l'envie de nous unir. Je l'accueille en moi, je me sens femme, je suis heureuse de l'être entre les bras de l'homme, qui m'honore comme il se doit. Nous nous sourions, nous nous aimons, nous nous embrassons, nous nous prenons… Nous faisons l'amour, puis nous recommençons.

Dans ses yeux, je vois qu'il me désire encore. Je me régale, je l'aime et je bénis le jour où j'ai croisé sa route.

Par de très nombreux aspects, je sais que ma relation avec mon *habiby* est très spéciale. Depuis le début, c'est très fort. À mes yeux, notre histoire reste, profondément, bouleversante.

Malgré tout l'amour que je lui porte, il m'arrive très souvent de dire « stop ! ». Je ressens le besoin de m'arrêter, de faire une pause. D'un côté, je porte une sorte de douceur et de réflexion, et parfois, je bascule, je deviens brutale et impulsive. Jean-Christophe souffre de mes réactions et de certains traits de ma personnalité.

Pas une seule journée ne se passe, sans que je ne me remette en question. Ces interrogations me font osciller entre mes émotions pour lui, et mon intégrité. Parfois, je lui trouve toutes les qualités du monde, à d'autres moments, je le vois porteur de multiples défauts. Dans certains cas, cette relation me fait glisser dans les enfers de l'amour, à d'autres moments, je m'envole pour le paradis des amoureux. Tout se mélange ! Lui, aussi, perd pied. Il ne sait pas quoi faire de moi, il m'aime, mais ne supporte pas que je ne sois pas libre, disons-le, mariée. Il porte des valeurs de stabilité, et de calme. Tout ce que je ne suis pas !

Nous nous sommes mis d'accord. Pour notre mariage, à venir, nous aurons une cérémonie magnifique. J'ai besoin de cette idée, pour que je puisse renouveler l'expérience. Je dois le faire, pas le refaire, car ce n'est pas la même chose… Pour lui, tout est différent, je ne sais pas pourquoi, ou je sais, peut-être…

Il y a, dès le début, une confiance mutuelle dans notre couple. Nous nous sommes livrés l'un à l'autre, sans barrières, sans limites. Nous avons nourri notre relation.

Malgré nous, nous allons ensemble vers notre destin, notre *maktoub*.

Il est porteur d'une spiritualité et d'une sensibilité qui me touchent. Il sent toujours les choses, il est attentif à tout, ce qui fait de lui un homme spécial. Je sais qu'il est beau garçon, intelligent et riche, de sa connaissance et de sa culture. Mais je l'aime pour toutes ces choses que personne n'a perçues chez lui, ses yeux d'enfant. Son ouverture à tout et à l'autre, son émerveillement devant les choses, que personne ne remarque. Je l'aime pour l'amour qu'il a pour moi, immense et tolérant. Il voit, en moi, tout ce que les autres ne voient pas. De mon simple regard, il comprend tout, sur moi.

Parfois, nos chemins s'écartent et se séparent, mais nous restons attachés l'un à l'autre, pas par addiction, non. Juste par la force de notre lien.

Chaque jour, nous comprenons qu'il est indéfectible et qu'on ne peut pas le malmener. Parfois, nous décidons de rompre, je lui envoie des photos de moi, sur le statut *WhatsApp*. Nous sommes dans une communication indirecte. Dans ces moments-là, il répond, en tentant de partager nos instants, ou nos événements importants. Il se plaît à rester dans un climat de sérénité et d'amour. À chaque fois, je sais qu'il est parti pour quelque temps, à chaque fois, je me dis qu'il va revenir. Jamais, je n'ai douté de cela. Je le vois comme un oiseau, sur mes mains ouvertes, vers le ciel, il déploie ses ailes et il part très loin de moi, mais avec la promesse de revenir.

Il est toujours revenu.

Parce qu'il sait… Nous avons arrêté de résister, à ces désordres, dans notre destin, aussi heureux que perturbant.

Le bonheur de nos moments, l'intensité de nos sentiments, la force de nos envies et de nos désirs endiablés motivent notre raison. Nos cœurs cherchent à se retrouver et à se reconnecter, infiniment et délicieusement… Je vis bien, sans lui, mais je vis mieux, avec lui, et tout est fluide, malgré les tumultes, qui donnent un goût exquis à ma vie.

La maison de Marrakech est la maison de mes rêves, là où j'ai eu mes sourires et mes larmes, j'ai voulu en faire une maison d'hôtes. Je crois que c'est elle mon enfant, un enfant de pierre. Mathias m'a offert le terrain, pour mes trente-cinq ans. Après, j'ai commencé à aménager les alentours, où il n'y avait rien que des blés. Mathias a fait cela pour que j'eusse quelque chose à moi, après sa mort. Il voulait que je fusse à l'abri. Je pleure, à chaque fois que j'évoque cette idée.

Maintenant, une nouvelle page se tourne. Je commence à accueillir des clients.

Le chemin était long et tumultueux, mais beau.

Jean-Christophe a passé quelques jours chez moi, il adore ma maison, surtout mon jardin, il est très proche de la nature. Nous préparons un petit voyage dans les montagnes avoisinantes. Ce voyage est venu après une période difficile entre nous, nous nous sommes vus au « 16 », un café huppé à Marrakech. Nous avons une conversation houleuse, nous nous parlons… Mais à quoi bon nous adresser la parole, se parler sans se comprendre, à ce moment-là, je deviens silencieuse, je le laisse parler, parler et encore !

Je le regarde et je me dis, dans ma tête : *Mon coco, tu ne me verras plus !* il continue à me faire des reproches, des suppositions, des mots durs, par moments. J'attends.

Il est entré dans un monologue interminable. Je le connais. Inutile de chercher à l'interrompre ! Je regarde au tour de nous, personne ne fait attention à nos tensions de couple.

Je ne change rien à mes habitudes, je le regarde sans un mot.

Un moment, il se lève et il me prend dans ces bras. Il me serre très fort contre lui, tout le monde nous regarde, fixement. Ce geste n'est guère anodin à Marrakech, les couples qui veulent se prendre dans les bras, le font dans leur maison, et surtout pas ailleurs. Mais j'oublie tout, je me sens, dans ses bras, comme dans ma demeure. Je suis proche de son cœur, je l'aime…

Quelques jours plus tard, nous partons pour la montagne et il me confie qu'il a vu dans mes yeux, ce que j'ai pensé au café.

Il ne veut pas que je parte, il ne voit sa vie qu'avec moi, je souris et je lui dis : « Moi aussi, *habiby* ! »

Je crois que je l'aime, dans les détails, dans les choses futiles, des choses que l'on voit, d'abord, avec le cœur.

Avant toute chose, c'est un grand professionnel. Un jour, nous sommes, pour quelques jours, en amoureux, à Lourmarin[2]. Il a quitté le lit, depuis des heures. Il est sur son ordinateur, une serviette autour de la taille, il répond à ses courriels. Il prépare ses publications, travaille ses photos, vérifie ses textes. Très occupé par son entreprise, c'est lui qui fait tout, il évolue dans la perfection.

Cela me séduit, je suis heureuse d'être là. Je baigne dans une sorte de douceur, de sérénité. Je le regarde avec tendresse et beaucoup d'amour. Je me meus dans une sorte de bonheur.

Il m'est difficile d'admettre que des femmes réussissent à apprécier cela d'un homme, moi oui. J'ai besoin de sentir mon compagnon, motivé et travailleur, près de moi, à faire ce qu'il aime. Jean-

---

[2] Lourmarin, petite commune du Luberon, où est inhumé Albert Camus, décédé en 1960 lors d'un accident d'automobile.

Christophe mène une vie professionnelle épanouissante, mon *habiby*, il fait le travail qu'il aime, même si, parfois, il rencontre des moments ou des locuteurs pénibles. Il est passionné, mais cela l'exalte, moi aussi. Je sais qu'après des moments aussi prenants, nous irons nous balader, rigoler comme des enfants, nous découvrir, nous aimer. Je sais que les jours, que nous passons ensemble, sont une parenthèse enchantée, une trajectoire hors du temps.

Il se retourne et me surprend, je le regarde avec les larmes aux yeux, je me demande pourquoi je ne l'ai pas rencontré avant, pourquoi nous ne sommes pas ensemble pour de bon, pourquoi la vie n'a pas voulu me donner ce bonheur depuis le début, oui c'est peut-être trop, il m'a beaucoup donné, on ne peut pas tout avoir… la vie est belle quand même !

Il quitte sa chaise, vient me prendre dans ses bras et me couvre de baisers, je crois qu'il a compris mes questionnements, il n'est pas besoin de mes mots pour comprendre ce qui m'émeut.

Cette période d'éloignement, cette fois, est la plus longue entre nous, la plus pénible, la période de la Covid.

Jean-Christophe restait au Maroc, et moi j'étais en France. Nous nous voyions, sans nous voir. Nous nous parlions beaucoup, via *WhatsApp*, en caméra, nous nous sentions bien, mais il vivait, seul au monde, à Marrakech, le confinement, dans un appartement, était un enfer pour lui, l'être libre, l'amoureux de la nature… Je crois que l'homme, qu'il est, a, à cette période, beaucoup changé. Je sais qu'il m'en a voulu, de ne pas être là, auprès de lui, pendant cette période marquante, pour le monde entier.

J'ai pris le temps qu'il me fallut, pour nous retrouver et voir clair.

Je savais qu'il était entouré des sirènes du désert, il était sous le charme de leurs chants… J'ai su m'éloigner.

Jean-Christophe, pour moi, est toujours un marin, qui part, et revient plus amoureux de moi qu'avant, j'ai toujours rêvé d'être la femme d'un autre, qui me reviendrait à chaque fois…

Notre liaison avec Jean-Christophe est une histoire de beauté et de passion.

Nous aimons les belles choses, les beaux mots, les plats fins, le raffinement, même dans les choses les plus simples. Cette inclinaison, qui est la nôtre, fait de nous des esthètes de la vie, ces petites choses en attestent.

Je suis très amoureuse des détails, parfois quand mon habiby me fait l'amour ou me chatouille le bijou, je le regarde, je l'observe, je me délecte du désir dans ses yeux, la lumière de son visage, et l'élégance de ses mouvements pendant ce moment d'intimité et de plaisir. Mon habiby est encore plus beau, son visage n'est guère crispé par le désir ou, bizarrement, par la montée de la jouissance.

Il reste dans une douceur qu'il ne quitte jamais, même en colère. C'est la sienne.

Nos visages rayonnent à l'unisson. Nous savourons ces instants d'amour charnel et de passion enflammée.

Tout est essentiel dans notre lien, charnel, intellectuel…

Je sais que j'ai toujours été derrière lui, à le pousser, à l'accompagner. Je m'efforce de tout faire pour qu'il aille encore plus loin dans son art, je veux qu'il réalise tous ses rêves, et même les plus extraordinaires, les songes sont faits pour être vécus.

Parfois, Jean-Christophe est dévoré par ses états d'âme, une forme de dépression. Il est assailli par des questionnements, sur sa vie et le sens qu'il veut donner à celle-ci. Quand il entre dans ces périodes-là, je me sens désarmée, perdue. Il se referme complètement, fuyant tout échange. Il s'ensauvage, c'est pénible, mais c'est mal me connaître, malgré sa résistance, et la lourde douleur de ces périodes, je m'interdis de le laisser tomber. Je le secoue, je l'encourage et je lui écris, le plus possible, beaucoup, énormément.

Me battre pour cet amour me porte haut et me donne la force d'accepter ce qu'il est. Je l'aime encore plus, dans ces moments-là.

Je sais que lui aussi est toujours derrière moi pour me pousser à me dépasser, et progresser.

Jean-Christophe a de belles journées de bonheur. C'est merveilleux, on le voit, on le sent, on le ressent. L'enfant, en lui, ressuscite. Alors, nous sommes dans des instants de vie, magiques. C'est grâce à ces moments-là que je supporte les autres.

Je crois que c'est l'essence même de l'amour. Aimer l'autre dans ce qu'il a de plus obscur, de plus intime, de plus personnel.

Un ami avec qui, parfois, j'échange des confidences, et que je suis heureuse de rencontrer, m'a dit un jour que nous méritions tous nos rencontres. Je me considère comme une chanceuse absolue. Je suis certaine de faire les rencontres que je mérite, car je mérite le meilleur ! Toutes les personnes, qui croisent mon chemin, partageant des chapitres de ma vie, glorieux ou obscurs, sont porteuses d'une forme d'enseignement sur moi-même. Une richesse intellectuelle et une opportunité de me découvrir, de me révéler à moi-même. Si c'était à refaire, je m'appuierais sur les mêmes personnes. Je ferai les choses avec les mêmes, c'est en grande partie mes rencontres, mes relations, qui ont fait de moi la femme que je suis.

Reconnaissance !

Quand je pense à Jean-Christophe, je souris, l'âme en joie, je vois en quoi il est extraordinaire, que ce soit à l'intérieur, ou à l'extérieur. Je pense à lui, ces défauts sont inexistants, dans mon esprit. Je ne réussis jamais à le voir autrement que comme un être exceptionnel, mais je crois que cela procède plutôt de moi et de mon cœur palpitant de mon amour pour lui. Il cite toujours cette phrase du Dalaï-Lama : « *Si tu veux connaître quelqu'un, n'écoute pas ce qu'il dit. Mais regarde ce qu'il fait.* »

Je pense que c'est à nous de choisir ce que l'on veut voir de l'autre, sa lumière ou son obscurité, ses défauts ou ses qualités. Aimer, je pense que cela consiste à accepter l'autre, tel qu'il/elle est.

Sans le juger sur ses effets et ses gestes.

Lui, il voit beaucoup mes défauts, et il oublie mes qualités, si j'en ai, je crois que c'est là, notre point de divergence.

Il est moins tolérant envers moi, que je ne peux l'être envers lui.

En attendant, je n'attends personne, je gère ma vie, j'avance ! Je me lance dans de nombreux projets, une entreprise d'organisation de mariage-s, une maison d'hôtes, et en ce moment, je suis en formation pour être *love coach.*

Oui, tous mes projets tournent autour d'un homme et d'une femme, les rencontres. Là, où je me sens moi-même. En même temps, j'ai envie de vivre chaque instant de ma vie, intensément, en conscience.

Je vais profiter de l'instant présent, je ne vais plus me plaindre, c'est déjà extraordinaire que je l'aie dans ma vie, et il me dit la même chose. Je sais, et il me répète qu'il m'aime, qu'avec moi c'est intense et différent. Notre amour fait notre force. Depuis quelques mois, maintenant, nous nous éloignons et nous nous retrouvons. L'évidence !

Malgré nos chemins de vie, qui se séparent, par moments, et se croisent de nouveau, nous résistons à nos émotions, chacun de nous a peur, de tant d'amour.

Il résiste, car il ne supporte plus que je sois toujours en couple, encore et en même temps. Grâce à ses multiples rencontres, il a de très nombreuses opportunités de rencontrer des femmes, au Maroc. Cela ne m'effraie pas du tout ! Je sais, je suis convaincue, ma voix intérieure, me le répète… Il reviendra toujours, si je dis cela, ce n'est pas par orgueil ou à cause d'un problème d'ego, non. Je le ressens et je le dis, par instinct. Je suis la femme de sa vie, il est toute la mienne.

Il ne le sait pas encore, mais nous allons nous marier, bientôt. Pour célébrer cet événement, nous donnerons une grande fête.

Quelques mois avant ma rencontre avec Jean-Christophe, j'étais à la montagne à quelques kilomètres de Marrakech, je passais le week-end avec un ami, loin du brouhaha de la ville.

Bien reposée, j'avais pris la route du retour, dans les chemins sinueux de la montagne. Au détour d'un virage, j'aperçois une bergère habillée d'une robe multicolore, ses cheveux jouent avec le vent. Son troupeau comprend des chèvres et des moutons. Mon ami avance doucement pour laisser passer les bêtes, la jeune fille me regarde dans les yeux, fixement, et me sourit d'un sourire angélique. Je la salue aussi et, en une fraction de seconde, un instant qui me paraît une éternité, une voix dans ma tête me dit : « Je donnerais ma vie en échange de la sienne ! »

Je ne pensais pas vouloir échanger ma vie, que je considère comme idéale, avec une bergère.

De là où tout a basculé, où le regard que je porte sur mon existence a changé…

À mon retour à la maison, je m'aperçois, brutalement, de l'éloignement entre Mathias et moi, et j'ai décidé de lui parler, lui expliquer que nous ne pouvons pas continuer ensemble, il n'a jamais voulu écouter, ou croire, à notre rupture émotionnelle…

2015 est la fameuse année où j'ai fait la rencontre de cet homme, qui va bouleverser et chambouler mon existence. J'étais mariée, certes, mais davantage pour l'état-civil, que dans ma tête.

Je ne suis pas une femme, qui trompe son mari. Nous n'étions plus sur le même navire, il est resté à quai, j'ai continué le chemin.

Les gens ne peuvent pas entendre cela, ils ne peuvent pas, non plus, le comprendre. Je n'ai de compte à rendre à personne, juste à moi-même, c'est déjà difficile.

Jean-Christophe est le photographe de ma vie, il est venu pour zoomer sur certaines parties de mon existence, m'aider à porter un autre regard sur ce que je suis. Il a sublimé certains aspects de mon quotidien, et en a illuminé d'autres, il m'a poussée à regarder au-delà de ma réalité. Il est venu dans mon être pour me révéler à moi-même.

Voilà tout.

À chaque fois que je me sens vaciller, cela m'arrive, malgré toute la résistance et la force que j'emploie pour rester debout, je fais en sorte que les gens conservent l'image que je porte de moi, en moi. Je veux rester fidèle à ma représentation, celle d'une femme forte.

Il n'y a que ma famille très proche, qui connaît mes failles. Ils perçoivent, en un regard, ma tristesse ou mon découragement. Dans ma vie, je sais que tout le monde, même Jean-Christophe, peut me décevoir, ou me trahir. Mais je suis sûre et certaine que mes sœurs et mon frère seront toujours là. Ils me rattraperont, avant que je ne tombe. Quoi qu'il arrive, ils me soutiendront. J'ai cette chance inouïe, de savoir que je ne suis pas toute seule. C'est ce qui me donne encore plus de courage, je porte une grande réserve de liberté. Celle-ci m'aide à faire de ma vie, tout ce dont j'ai envie.

Derrière moi, veille une armée fidèle au poste. Je crois que leur amour me donne la chance de ne mendier l'affection de personne. Même l'homme que j'ai aimé le plus au monde, c'est la cerise sur le gâteau. Mais, surtout pas le gâteau, on peut se passer de la cerise, moins du gâteau… Le triomphe de l'amour inconditionnel !

C'est la raison de mes ailes déployées, de toutes mes victoires sur la vie, de ma confiance et ma tolérance envers l'autre.

Je crois que c'est en étant aimé qu'on réussit une grande partie de sa vie. Je pense avoir tressé une partie de mon filet de funambule, celui qui m'a aidée à avancer.

Je crois que la vie ce n'est pas un homme et une femme, la vie ce n'est guère une histoire d'amour heureux.

La vie est peut-être une aventure formidable. Peut-être…

La vie est un apprentissage continuel et infini sur soi et les autres.

J'essaie de vivre intensément cette vie qui m'a été offerte. Avec mes ombres et mes lumières.

Quelle qu'elle soit, la vie est belle ! Célébrez-la !

Yohann W. von Goethe

Imprimé en Allemagne
Achevé d'imprimer en janvier 2023
Dépôt légal : janvier 2023

Pour

Le Lys Bleu Éditions
40, rue du Louvre
75001 Paris

www.ingramcontent.com/pod-product-compliance
Lightning Source LLC
Chambersburg PA
CBHW062345010826
49168CB00024B/270

* 9 7 9 1 0 3 7 7 8 2 2 0 5 *